图书在版编目(CIP)数据

写于石头中:埃斯普马克自选诗五十首:汉语、瑞典语对照/
(瑞典)谢尔·埃斯普马克著;万之译.—上海:复旦大学出版社,2019.3
(诺贝尔文学奖背后的文学)
ISBN 978-7-309-14052-1

Ⅰ.①写… Ⅱ.①谢…②万… Ⅲ.①诗集-瑞典-现代-汉语、瑞典语
Ⅳ.①I532.25

中国版本图书馆 CIP 数据核字(2018)第 263312 号

本书获瑞典文化部艺术委员会翻译资助,特此鸣谢。
Thanks to the support from Swedish Arts Council for sponsor of the translation costs.

写于石头中:埃斯普马克自选诗五十首:汉语、瑞典语对照
[瑞典]谢尔·埃斯普马克　著　万　之　译
责任编辑/方尚芩
封面设计/周伟伟

复旦大学出版社有限公司出版发行
上海市国权路 579 号　邮编:200433
网址:fupnet@fudanpress.com　http://www.fudanpress.com
门市零售:86-21-65642857　团体订购:86-21-65118853
外埠邮购:86-21-65109143　出版部电话:86-21-65642845
上海盛通时代印刷有限公司

开本 890×1240　1/32　印张 7.25　字数 154 千
2019 年 3 月第 1 版第 1 次印刷

ISBN 978-7-309-14052-1/I·1128
定价:48.00 元

如有印装质量问题,请向复旦大学出版社有限公司出版部调换。
版权所有　侵权必究

尔文学奖评委的文学品味也有裨益。

  我特别感谢瑞典文化艺术委员会和雍松基金会为本诗集的翻译提供的资助。感谢诗人本人和我的妻子陈安娜在理解阐释瑞典文原文时提供的帮助。感谢复旦大学出版社出版这部诗集，特别是编辑方尚芩的合作。

        二零一八年四月五日于斯德哥尔摩

gäller syntax, stavelser, rim och rytm. Därför publicerar vi en tvåspråkig version där den kinesiska översättningen står sida vid sida med den svenska originaltexten, så att läsaren kan jämföra dikternas form. En sådan version är särskilt lämplig för studenter som studerar svenska eller kinesiska. Samtidigt kan den hjälpa läsaren att förstå vad för slags smak och stil en ledamot av den kommitté som utser Nobelpristagare i litteratur själv har.

Jag är tacksam för det stöd som jag har fått av Kulturrådet i Sverige och av Helge Axelsson Johnssons stiftelse. Jag vill också tacka poeten själv och min fru Anna som har förklarat svåra punkter i dessa dikter för mig. Till sist vill jag tacka Fudan University Press för deras samarbete, särskilt min redaktör Fang Shangqin.

Stockholm, 2018 - 04 - 05

们这个时代独一无二，没有作品可以相比"。

作为诗人的埃斯普马克在1956年以诗集《谋杀本雅明》崭露头角，这本诗集也显示出给他最大影响的诗人之一是英国的艾略特。他还和后来获得诺贝尔文学奖的瑞典诗人特朗斯特罗默跟随同一位老师图尔谢学习诗歌创作，说明他们有些相同的起点，都有注重动态意象的特点。但在后来的诗歌创作中，他们逐渐展示出不同的特色。如果说特朗斯特罗默更侧重表现人和自然的关联，那么埃斯普马克更注重人与社会的纠葛，特别是在社会现实中揭示人的内心世界。此外，特朗斯特罗默以心理学家为职业，而埃斯普马克更具学者气质，他的诗歌也在抒情中兼具叙事风格，还常以第一人称"我的"形式出现。

在埃斯普马克特地为这部中文瑞典文对照版诗集写的前言中，他对自己的诗歌创作总结出了几个重要特点，如诗歌和小说的关系、简约性和准确性、双重曝光手法等。而我想强调的是，他继承了易卜生、斯特林堡和勃兰兑斯开创的北欧文学传统，作品具有深刻的思想性和社会批判性。而这种思想性和批判性，正是当代中国诗人最缺乏的，最可以学习借鉴的。

这部埃斯普马克诗集的翻译强调忠实和准确。这不仅意味着注重语义表达的忠实，在音韵节律、句法和格式上也尽量贴近原文，因此采用中文译文和瑞典文原文对照的形式，以便提供读者特别是中国诗人从内容到形式感的比较和对照。这样的版本，也适合学习瑞典语和中文的大学生作为教材。同时，对于了解诺贝

romansvit tecknad i mörkast tänkbara färger och utan motsvarighet i vår tid".

Som poet debuterade Espmark 1956 med diktsamlingen *Mordet på Benjamin* som visade på inflytande från en av hans främsta förebilder, T. S. Eliot. Han studerade diktning för Thoursie tillsammans med Tomas Tranströmer. Det innebär att hans utgångspunkter var desamma som Tranströmers: båda använder sig av dynamiska bilder. Men under poeternas vidare utveckling har deras skilda personligheter så småningom blivit tydliga. Om Tranströmer lägger tyngre betoning på förhållandet mellan människa och natur visar Espmark större intresse för relationen mellan människan och samhället, och särskilt för vad som händer när en människas inre värld kommer i konflikt med den sociala verkligheten. Tranströmer arbetade som psykolog medan Espmark har varit verksam som professor, litteraturvetare och kritiker. Hans poesi är ofta ett slags lyriskt berättande, inte sällan i jag-form.

I det förord som Espmark har skrivit särskilt för denna diktsamling har han sammanfattat några viktiga drag, till exempel relationen mellan hans poesi och hans romaner, mellan ekonomi och precision, dubbelexponering etc. Jag vill särskilt lyfta fram att Espmark ingår i den nordiska litterära tradition som började med Ibsen, Strindberg och Brandes, och som präglas av djupgående tankar och stark samhällskritik. Det är sådana egenskaper som dagens kinesiska poeter och författare saknar i sina verk och som de kan inspirerats av.

Denna översättning av Espmarks dikter lägger tonvikten vid trohet och precision. Det innebär inte bara trohet vad gäller betydelse och överföring av information, utan att också i så hög grad som möjligt nå överensstämmelse med originalet när det

译后记

万之

这部诗集收录了瑞典诗人埃斯普马克自己从一生十多部诗集中精选的诗歌五十首,并用中译文和瑞典文原文对照的形式出版。

谢尔·埃斯普马克(1930—)是当代瑞典最重要的诗人和作家之一,也是文学评论家和文学史研究者,1978年至1995年在斯德哥尔摩大学文学院担任教授。1981年入选为瑞典学院院士并长期担任该学院诺贝尔文学奖评选委员会的委员,而且担任该评委会主席十七年(1986—2016)。

埃斯普马克的文学创作起始于上世纪五十年代中期,至今已跨越六十多年,作品包括十多部诗集、十部长篇小说、回忆录和其他散文作品。他撰写过瑞典诗人哈瑞·马丁松(1974年诺贝尔文学奖获得者)和托马斯·特朗斯特罗默(2011年诺贝尔文学奖获得者)的传记和评论。他的博士论文是评析瑞典诗人阿尔图尔·隆克维斯特,还出版过介绍诺贝尔文学奖的专著。他写于1987年至1997年的系列长篇小说《失忆的年代》(中译本于2015年出版)尤为引人注目,其中描述了来自不同社会阶层的七个人物,被评家认为是"一套在最黑暗颜色中描绘的小说系列,在我

Översättarens efterord

Wan Zhi

Denna diktsamling innehåller femtio dikter som har valts ut av den svenske poeten Kjell Espmark ur mer än tio diktsamlingar som han tidigare har gett ut. De publiceras här i form av en kinesisk översättning parallellt med de svenska originaltexterna.

Kjell Espmark (1930 -) är en av de viktigaste poeterna och författarna i det samtida Sverige. Han är också litteraturvetare och var professor vid Institutionen för litteratur, Stockholms universitet 1978 - 95. Han valdes in som ledamot i Svenska Akademien 1981 och var under en lång period (1987 - 2016) även medlem av Akademiens Nobelkommitté. Under sjutton år var han också kommitténs ordförande.

Espmarks skönlitterära författarskap började på 1950-talet och täcker sex decennier. Hans produktion omfattar ett stort antal diktsamlingar, ett tiotal romaner, memoarer och essäistiska verk. Han har även skrivit monografier om Harry Martinson (Nobelpristagare i litteratur 1974) och Tomas Tranströmer (Nobelpristagare i litteratur 2011), en doktorsavhandling om Artur Lundkvists diktning samt en omfattande bok om Nobelpriset i litteratur. Av hans verk har romansviten *Glömskans tid* som skrevs 1987 - 1997 blivit mycket uppmärksammad (den utkom i kinesisk översättning 2015). I sviten skildrar Espmark sju människor från olika samhällsklasser. Den har beskrivits som "en

但是我们还不相信他们的真实性，
还不足够坚强到敢重新辨认。
所以我们对着酒店橱窗凝视
为了看着他们走进这个镜像。
我们必须小心翼翼地相会
对如此长久渴望这天的我们
这快乐就不会过分强烈。
最后我们坚定地走向对方，
愿意让我们分散过的再集合
帮助那位受过阻挠的造物主。

在一个瞬间的犹疑之后
一只手的一块发黑的碎片抚爱着
一个过分长久思念的太阳穴。
而可能是一个孩子的烟雾
被一个母亲模样的烟雾拥抱。

Men vi tror inte på deras verklighet än,
inte starka nog att känna igen.
Därför stirrar vi in i hotellets fönster
för att se dem komma i spegelbilden.
Vi måste möta varandra försiktigt
för att glädjen inte ska bli för häftig
för oss som så länge saknat den.
Till sist går vi mot varandra, beslutsamt
som ville vi skingrade som församlats
hjälpa den hejdade Skapelsen.

Efter ett ögonblicks tvekan
smeker ett svartnat fragment av en hand
en alltför länge saknad tinning.
Och rök som kan ha varit ett barn
kramas av rök med form av en mor.

唱诗班

从大屠杀幸存下来的那些人
要在鲁特西亚酒店这里会面
在赛福路和拉斯派大道交叉的路口。
这就是我们对历史的抵抗。

木板牢棚是来自巴伐利亚的一种语言
把我们缩减成了头发和鞋子。
我们的思想吊在铁丝网上烧焦。
大片的天空与风景已消失
每一种可理解的事也如此。
但我们对一次越过时代的重逢的梦想
还在已成了碎布的我们中间存在，
我们被挤压在臭烘烘的床铺里。
就是我们作为烧剩的尸骨
也梦想着那个遥远的日子
那时我们会哐啷作响地站立起来
与其他那些人的尸骨相会。

现在我们终于到了相约的地点
看见那些我们的人从远处慢慢走近
跨着再也不会燃烧的脚步。

KÖR

De som överlevde Förintelsen
skulle mötas här vid Hotel Lutetia
där Rue de Sèvres korsar Boulevard Raspail.
Det var vårt motstånd mot historien.

Barackerna var ett språk från Bayern
som reducerade oss till hår och skor.
Våra tankar hängde brända på stängslen.
Sjok av himmel och landskap var borta
liksom varje begriplighet.
Men vår dröm om ett möte bortom tiden
fanns kvar bland de trasor som var vi,
sammantryckta i skitiga sovbås.
Också vi som var brända ben
drömde om den avlägsna dag
då vi skulle resa oss rasslande
och komma de andras ben i möte.

Nu är vi till sist på avtalad plats
och ser de våra nalkas på avstånd
med steg som inte brinner längre.

当我试着缝合起来
一个人解剖开的腹部
另一个人,行走的影子,
威胁要砍断我的手。
我们必须原谅多少?

就现在:他们涉水穿过一条水道
为了躲避开那些嗅者的警犬
还呼叫死亡!死亡!他们的过去
刚才已来得及赶上。

我要去一个纷乱的难民营,
我脑子是一堆灰色木箱
被希望和恐惧钉在一起。
不过内含的仇恨也跟随着
像穿越这些日子的粪便臭气。

被烧着的这半个世界怎么会
在被赦免的那一半中重新创建?
烟雾拿走了我们的保留条件。
烟雾充满了面容
那只是眼睛和逃生。

作者注:赋格(Fuga)这个词在瑞典语中既可表示逃亡,也可表示一音乐形式。

När jag försöker sy ihop
det ena folkets uppslitna buk
hotar det andra folket, farande skuggor,
att hugga av mig händerna.
Hur mycket måste vi förlåta?

Just nu: de vadar genom ett vattendrag
för att undgå de vädrande hundarna
och ropen Döda! Döda! Deras förflutna
har nyss hunnits upp.

Jag blir till ett bråkigt flyktingläger,
min hjärna ett gytter av gråa skjul
som spikats ihop av hopp och skräck.
Men också det inbördes hatet är med
som en stank av latrin genom dagarna.

Hur kan den halva av världen som bränns
skapas på nytt i den halva som skonas?
Röken tar våra förbehåll.
Röken är full av ansikten
som bara är ögon och flykt.

---

* "Fuga" är ett ord både för flykt och för en musikform.

赋格曲

在帐篷床铺上自己辗转反侧，
纠缠在蚊帐里，大汗淋漓：
多少逃亡者能在一个唯一的人里
得到空间？没有威士忌
我对付不了这个晚上。

就现在：一个母亲和她的小女孩们
爬过一片粟子地。她害怕
那最小的女孩会开始哭泣
这群里其他孩子会扼死她。

有传言说我是医生
难民人流朝这里弯曲——
年幼的带着水袋一样的肚子
而女人们如风吹出吹进。
在我身上容得下多少绝望的人？

就现在：当巡逻艇在黑暗中滑过
有人停下了滴着水的桨。
而突然一切都成了一道探照灯光。

FUGA

Kastar mig fram och tillbaka på tältsängen,
snärjd i moskitnätet, svettas svårt:
Hur många flyende får plats
i en enda människa? Utan whiskyn
skulle jag inte klara natten.

Just nu: en mor och hennes små flickor
kryper genom ett hirsfält. Hon fruktar
att den lilla ska börja gråta
och de andra i skaran kväva henne.

Det har spritt sig att jag är läkare
och flyktingströmmen böjer av hitåt —
ungar med magar som vattensäckar
och kvinnor som fläkts ut och in.
Hur många förtvivlade ryms i mig?

Just nu: någon vilar på droppande åror
medan patrullbåten glider förbi i mörkret.
Och plötsligt är allt ett strålkastarljus.

但是他在我之上摸索过去
而没有认出我来。
于是我把血滴涂在他嘴唇上，
那更暗的阴影就是他的嘴唇，
他感到吃惊——

我的不再是手的手
抓住了他依然是阴影的手。
我们开始在黑暗中向上攀登。
对楼梯每一级我们都创建出
一点他者——一个熟悉的轮廓，
一度选择了这他者的那些眼睛。
是的，抚摸到互相认识的性。

靠近楼梯尽头的灯光，
当我们呼吸着彼此的气息
我们就站在一级楼梯上
它有什么话要对我们说：
把你的他者图像收回去
让他者就成为他者。
在这个创作完成之前，
我们吃惊地拦住自己，
为了遏制这个认识的要求。
而这是第六天的晚上。

men den trevade över mig
utan att känna igen.
Då strök jag droppen av blod på hans läppar,
den mörkare skuggning som var hans läppar,
och han häpnade —

Min hand som inte längre var hand
grep hans hand som ännu var skugga.
Och vi började klättra uppåt i mörkret.
För varje trappsteg skapade vi
ett stycke av den andra — en förtrogen kontur,
de ögon som en gång valde den andra.
Ja, smekte fram kön som kände varandra.

Nära ljuset vid trappans slut,
när vi andats andedräkt i varandra
blev vi stående på ett trappsteg
som hade något att säga oss:
håll din bild av den andra tillbaka
och låt den andra bli den andra.
Häpna hejdade vi oss,
innan skapelsen fullbordats,
för att tygla kravet att känna igen.
Och det var afton den sjätte dagen.

第六天的夜晚

为了让我会见阴影世界中
我的爱人,权力的要求是
我在往下穿过黑暗的楼梯上
得一点一点放弃我自己。
楼梯第一级得到了我的头发——
它把我在路上照亮了几分。
而我放弃的那张脸
铺开一道亮光,如水痘疤痕。
当黑暗反正浓密包围我的时候
我也能把眼睛从自己这里丢开。
一级楼梯得到了我哭过的心,
另一级得到我萎缩了的阴户。
最难的是放弃掉记忆;
一个接一个图像被疼痛闪现出来。
到最后我只是影子中的一个影子。
但我把两个宝物藏了起来
藏在影子服装里的一个影子衣褶里:
一是拼写出爱情的发痒记忆
还有一滴变灰色的我的血液。

而我还是发现了我爱人的影子

AFTON DEN SJÄTTE DAGEN

Makternas krav för att låta mig möta
min älskade i skuggornas värld
var att jag avstod mig själv, stycke
för stycke, i trappan ner genom mörkret.
Det första trappsteget fick mitt hår —
det lyste mig några alnar på väg.
Också ansiktet som jag avstod ifrån
spred ett skimmer, ärrat av koppor.
Ögonen kunde jag lämna ifrån mig
när mörkret ändå tätnade kring mig.
Ett trappsteg fick mitt förgråtna hjärta,
ett annat mitt förtvinande sköte.
Svårast var att avstå från minnena;
bild efter bild blänkte till av smärta.
Till sist var jag bara en skugga bland skuggor.
Men två klenoder hade jag gömt
i ett veck av skugga i dräkten av skugga:
det kliande minne som stavas kärlek
och en grånad droppe av mitt blod.

Nog fann jag min älskades skugga

把月亮作为唯一的朋友
而一把剃刀作为结论。

现在我愿教你如何生活
因为蓝眼苍蝇扑向火
就像这只永恒的蟑螂
采用通过这火的捷径。
我已经死去很久
为了尊重你称为的灭绝。
我在你聋了的耳边咆哮的
是说人类存在。你抱怨
你看到人类着火而卷曲
有发黑、起泡的皮肤:
是的,你悄声说看到人类成了灰烬。
于是我想告诉你在一切人们认为
我学到的东西中我理解的事:
在人身上是人性的
不能燃烧。

med månen som enda vän
och en rakkniv som slutsats.

Nu vill jag alltså lära dig leva
som spyflugan flinar åt smällan
och som den tidlösa kackerlackan
tar en genväg genom elden.
Jag har varit död för länge
för att respektera det ni kallar utradering.
Det jag vrålar i ditt döva öra
är att människan finns. Du klagar
att du sett henne pyra och krökas
med svartnande, bubblande hud.
Ja, viskar du sett henne bli till aska.
Då vill jag säga dig vad jag förstått
i allt man anser mig ha lärt ut:
Det som är människa i människan
kan inte brinna.

信条

不是为了寻找那伟大的观念
你反而应该投身于生殖的快乐
然后和你的女人走出去到月光里,
倾听那唯一的鲁特琴
还感受到清凉空气掠过脖颈。
这个忠告你是从我李贽这里得到,
我一度试图教你书写
就像野兔跳跃猎鹰出击,
不是为了被引用。
不要试图为自己辩护
说是很多人想焚烧你的书。
真实的文字
在手书写时就燃烧——
那纸带着变黑的边缘卷曲。

在毫毛束最尖端之处
你不被看见要建造你的茅屋的地方
你找到了一座学府。
我对你感到失望。
你是否已经把我忘记,我被投入监狱
因为我告诫人保持不断怀疑,

CREDO

I stället för att söka Den stora synen
borde du ägna dig åt avlandets nöjen
och sedan gå ut med din kvinna i månljuset,
lyssna till den enda lutan
och känna den kyliga luften dra över nacken.
Det rådet fick du av mig, Li Zhi,
som en gång försökte lära dig skriva
som haren hoppar och falken slår,
inte för att bli citerad.
Försök inte försvara dig med
att många vill bränna dina böcker.
Den verkliga texten
brinner medan handen skriver —
papperet kröks med svartnande kanter.

På yttersta spetsen av det hårstrå
där du osedd skulle bygga din hydda
fann du en akademi.
Jag är besviken på dig.
Har du glömt mig som kastats i fängelse
för min maning till ständigt tvivel,

它充满了等待脚步的痕迹，
还未被想到的思想的轨道。
天堂还正在被打造出来。
我教会自己，这个历史是一个链条
等待我们把链接和链接锻打起来。

就在这个村里我们也能帮助铁匠
用我们的爱去打造一个链接
连到在混沌中开始的事物上。
据我所知我是一种秘书
用自家制作的一种速写
以便捕捉住这云的多样性，
鸟类飞行的认真
和人类眼中增长的光。
我的冻僵的农民的手
只是难以跟得上——

Den är full av spår som väntar på steg,
banor för tankar som inte har tänkts.
Himlen hamras ju ännu ut.
Och historien, lärde jag mig, är en kedja
där vi väntas foga länk till länk.

Också här i byn kan vi hjälpa smeden
att smida en länk med vår kärlek i
att fogas till det som börjar i diset.
Med min kunskap är jag ett slags sekreterare
med en hemmagjord snabbskrift
för att fånga molnens mångtydigheter,
fågelflyktens förebud
och det växande ljuset i människors ögon.
Mina valna bondska händer
har bara svårt att hinna med —

链条

我是这片乡村的才子
被他们在教堂高坡上嘲笑的,
他们的智慧坐在生活中如此宽的大腿间。
但以为自己抓住了现实
就像在船舷上划一个记号
以便标记梭子鱼所在的地方。

我被扔进拉丁语里。而就在嘲笑中间
为了我能在耶拿大学学一段时间
这个村庄募集起了一笔钱。
在那里我甚至被允许答辩
并为人类存在的论点辩护
尽管所有字符显示相反情况。
有可能我没有及格。
我不想去记忆,一个绝望的年份
它说人就是人的狼。

但我会听说一位哲学家,
叫做谢林,于是我突然明白
我们在世上的使命。圣经错了——
造物还未完成。必须得到帮助。

KEDJAN

Jag var bygdens snille
som de skrattade åt på kyrkbacken,
dessa kloka som sitter så bredbent i livet.
Men att tro sig ha grepp om verkligheten
är som att skära en skåra i relingen
för att markera var gäddan höll till.

Jag var slängd i latin. Och mitt i hånet
skramlade byn ihop till en tid
för mig vid universitetet i Jena.
Där tilläts jag rentav disputera
och försvara tesen att människan finns
trots alla tecken på motsatsen.
Möjligen blev jag underkänd.
Jag vill inte minnas, ett år av förtvivlan
som sa att människan är människans varg.

Men så kom jag att höra en filosof,
hette Schelling, och jag förstod med ens
vår uppgift i världen. Bibeln har fel —
Skapelsen är inte färdig än. Måste få hjälp.

当我自愿地朝火焰走去,
我又唤发起他的敬意。
实际发生的事记忆要删除。

我年过半百才发现我的风格
会把这一切告诉你们。
一个笔划开笔收笔都柔顺
就如我久爱的那个女人
但字的身体是一个战士。
只有这样文字才能介入。

我现在在我低垂的草叶最尖端。
龙兴寺里这个最后的夜晚
我边等待着刽子手边书写。
那直率而实在的文字
把内涵还给那些被抢劫的词语。
这文字强迫灰烬重新变成明月,
把水塘充满成为月亮的一面镜子
也把胳膊还给寺庙里的菩萨。
那些来缢死我的人
对这字的力量感到惊恐。

Och att jag väckte hans respekt
när jag självmant gick mot lågorna.
Det som verkligen hände vill minnet radera.

Min stil som jag fann först efter femtio
berättar allt detta för er.
Ett penseldrag börjar och slutar vekt
som kvinnan jag länge älskat
men tecknets kropp är en krigares.
Bara så förmår skriften gripa in.

Jag var nu ytterst på mitt bugande grässtrå.
Den sista natten i templet Longxing
skrev jag under min väntan på bödeln.
Den raka, sakliga skriften
gav plundrade ord deras innebörd åter.
Den tvingade askan bli måne på nytt,
fyllde dammen till en spegel för den
och gav Buddha i templet hans armar tillbaka.
De som kom för att strypa mig
förskräcktes över tecknens kraft.

文字的力量

你把我认作颜真卿,
那种直立毛笔的大师。
但皇帝发现我有另一种用途。
当时反叛者破坏了王国。
叛乱造反已摧毁了此时代的王国。
儿子们把刀插进了父亲身体
妇女就像母鸡一样被宰杀。
我们继承的现实已经崩溃。
是啊,连月亮都烧成了灰烬。

我在抵抗叛乱时的英勇
让我成为朝廷大臣。
但我对贪官的直言批判
惹起了最高太傅的怒火。
他派遣我去晓谕斥责
叛军头领李希烈
用我的生命偿付这种侮辱。

然而李某要收买我。告知说
他在花园里点燃了火堆,
威胁我说一个不字就扔进大火。

TECKNENS KRAFT

Ni känner mig som Yan Zhenqing,
mästaren av den upprätta penseln.
Men kejsaren fann annat bruk för mig.
Revolterna sönderslet riket den tiden.
Söner stack kniven i sin far
och kvinnorna slets upp som höns.
Den verklighet vi ärvt föll sönder.
Ja, själva månen brändes till aska.

Min tapperhet under motståndet
hade gjort mig till minister.
Men min raka kritik av korrupta hovmän
väckte högste rådgivarns vrede.
Han sände mig att tillrättavisa
upprorsledaren Li Xilie
och plikta för skymfen med mitt liv.

Men Li ville köpa över mig. Det berättas
att han tände en brasa på gården
med hot att kasta ett nej i elden.

选自《创造》(2016)

Ur Skapelsen (2016)

我感觉你如何在我内心思想——

我感觉你如何在我内心思想——
它像月光飞快来到这水面上。
我用一些定义回答:

你的脸像一个抖动的倒影
在一个盛水的碗里。
我想托着它穿过这岁月
而没有水洒出。

我对你的思念没有重量。
在穿窗而入的那束早晨阳光里
它们像尘粒一样旋转闪光。

作为对那乡野晚餐的感谢
友好的神祇让我们成为两棵树
在树冠相缠中老去。

JAG KÄNNER HUR DU TÄNKER I MIG —

Jag känner hur du tänker i mig —
det ilar som månstrimman hit över vattnet.
Jag svarar med några definitioner:

Ditt ansikte är som en darrande spegling
i en skål med vatten.
Jag vill bära det genom åren
utan att spilla.

Mina tankar på dig är utan tyngd.
De roterar och glimmar som dammkornen
i strimman morgonsol genom fönstret.

Som tack för sitt rustika kvällsmål
lät vänliga gudar oss bli två träd
som åldras med kronorna i varann.

海蜇在岸边的水里泛起波纹
　　闪现出它有危险的信息。

　　译注：托马斯·特朗斯特罗默（1931—2015）是瑞典诗人，曾和埃斯普马克跟随同一老师学习诗艺，2011年获得诺贝尔文学奖。斯德哥尔摩郊外的伦玛尔岛上有其夏季度假的别墅、《波罗的海》是他的一首长诗。他在1990年中风后失语。

Maneten som skvalpar i strandvattnet
glimmar av sitt riskabla budskap.

我们穿过伦玛尔岛上的森林

献给托马斯·特朗斯特罗默

我们穿过伦玛尔岛上的森林。
托马斯,正在《波罗的海》写作中,
步入那宏大风格。他已让我先读——
还要注意来自波罗的海的风
如何带有审查员剪裁后带洞的声音。
而将发生的事怎么会已经在这里
但不愿意用语言说出。
松树的针叶是个加密文本
而云在变换,不愿意被阅读。
一个斜体表明:这是*失语症*。
但这是一种能战胜的哑口无言。
就像那个俄罗斯作曲家
中风后不能完成一个文本
但为它写音乐却能成功。
这种相似性能感知一个未来篇章!
就像托马斯已听到一扇门
如何在一个后来时代关闭
但现在已经留下了回声。

VI GÅR GENOM SKOGEN PÅ RUNMARÖ

Till Tomas Tranströmer

Vi går genom skogen på Runmarö.
Tomas, mitt uppe i "Östersjöar",
stegar i den stora stilen. Han har låtit mig läsa —
och märka hur vinden från Baltikum
bär röster med hål efter censorns sax.
Och hur det som ska hända redan är här
men inte vill ut med språket.
Tallarnas barr är en kodad text
och molnen skiftar, vill ogärna läsas.
En kursiv preciserar: det är *afasi*.
Men det är en stumhet som kan besegras.
Som när den ryske kompositören
efter en stroke går bet på en text
men lyckas skriva musik till den.
Den liknelsen känner ett framtida avsnitt!
Som om Tomas hört hur en dörr
slår igen i en senare tid
men lämnar sitt eko redan nu.

在林间小湖边

父亲和我,我们在林间小湖边露营。
天空白色,没有起码的草稿帮助。
唯一能听到的是紧张的蚊子
和来自篝火的噼啪声吱吱声
火边爸爸用涂牛油的纸烤红嘉鱼。
群山之间的这种沉默
收入了我们多年的沉默和距离——
他愿在括号内相信的年头。
他的手因为缺少语言显得笨拙——
正是试图找到做的单词
做永远做不了的事。
在这白色的夜里我们是黑暗的
就好像我们是胶卷底片。
他递给我咖啡时微微笑了一下。
但他灰蓝色的眼睛是无奈的。

VID TJÄRNEN

Vi har slagit läger vid tjärnen, far och jag.

Himlen är vit, utan minsta hjälp med manus.

Det enda som hörs är nervösa mygg

och knaster och sus från elden

där far steker röding i smörat papper.

Denna tystnad bland fjällen

tar in våra år av tystnad och avstånd —

år han vill tro inom parentes.

Hans händer fumlar av brist på språk —

försöker ju hitta ord som lagar

det som aldrig kunnat lagas.

Vi är mörka i den vita natten

som om vi varit filmnegativ.

Han ler lite vagt när han räcker mig kaffet.

Men hans gråblå ögon är hjälplösa.

阴霾就像在各个时代的早晨

阴霾就像在各个时代的早晨。
这海湾上运行着一个冻结的文本，
寒气接着寒气。
那有可能是一只苍鹭
试着用翅膀飞起来。这个承诺
是否树冠上的叶子被释放。
而我慢慢地站起来
走出长凳上那个蜷缩起来的人。
现在到了发明世界的时候。

DISIGT SOM I TIDERNAS MORGON

Det är disigt som i tidernas morgon.
Över fjärden far en frysande text,
kåre på kåre.
Vad som kunde vara en häger
prövar vingarna och lyfter. Löftet
om löv i kronorna infrias.
Och jag reser mig långsamt
ur den hopsjunkna mannen på bänken.
Det är dags att uppfinna världen.

选自《内在空间》(2014)

Ur Den inre rymden (2014)

我们是艾克村的墓园

我们是一个安静教区艾克村的墓园
它用数百个声音说话,
一半丢失的方言。
我们准备接受打印机的灰尘
和他徘徊不定的死后想法。让我们高兴的
是他把这个疲惫的巴赫吸引到这里
由于经验而清晰透明,
假头套是一个破损的鹊巢。
这个大师已经爬上管风琴
端正坐在琴凳上。等待。
现在是钟声,回声的回声。
墙壁没有更多的物质
不比拼图中圣经图像碎片更多。
然后他弹出了第一个和弦——
管风琴器巨大轰鸣在这凉爽大厅里无处不在,
回旋,增强,取代了墙壁,
及丁香花和遥远的树木。
最后是这种轰鸣回旋
再重复,回旋
再重复。

VI ÄR EKE KYRKOGÅRD

Vi är Eke kyrkogård, en tystad församling
som talar med hundratals röster,
en halvt förlorad dialekt.
Vi är beredda att uppta skrivarens aska
och hans irrande postuma tankar. Vi gläds
att han lockat hit denne slitne Bach
genomskinlig av erfarenhet,
peruken ett upprivet skatbo.
Mästarn har tagit sig upp till orgeln
och satt sig till rätta på pallen. Väntar.
Klockorna nu, ekon av ekon.
Murarna har inte mer substans
än fragmenten av bibliska bilder i putsen.
Så slår han an det första ackordet —
och orgelns jättehumla är överallt i den svala salen,
vänder, växer, ersätter väggarna,
syrenernas blom och de avlägsna träden.
Det sista är detta brus som vänder
och återtar, vänder
och återtar.

我的椅子每个家庭都需要

在朝向岛最边缘部分的这个地方
我的椅子每个家庭都需要。
但许多人带着一种战栗坐下来。
我的幽默引起了恐惧
女人们仔细地锁闭自己,
有时用一扇虚掩的后门。
没有人能看到我活在混乱中
在抓捕我的树林中间,
在做伪证的道路中间
在保持着永久末日的雷声中间。
我到布列金郡去,拖挂着那辆房车,
为了到更坚固的陆地上卖椅子
但炉子的通风太糟糕了。
所以我被判处永恒的安宁。

MINA STOLAR KRÄVS I VARJE HEM

Mina stolar krävs i varje hem
här utåt den yttersta delen av ön.
Men många sätter sig med en rysning.
Mitt humör väckte skräck
och kvinnorna låste omständligt om sig,
ibland med en bakdörr på glänt.
Ingen fick se att jag levde i kaos
bland träden som grep efter mig,
vägarna som vittnade falskt
och åskan som höll ständig domedag.
Jag tog till Blekinge, husvagnen påhakad,
för att sälja stolar på fastare land
men vädrade illa för kaminen.
Så dömdes jag till evigt lugn.

我站在紫丁香里躲着

我站在紫丁香里躲着察看：
邻居家的西格涅像我一样未婚。
搜寻词语以便接近我
但甚至不知道它们如何拼写
或者是否它们在嘴里有地方。
也没有太多东西请她享用——
在我家里厨房往下通到地窖
在这房间里老鼠当政。
但我们可以就这么坐在一起。
我可以拿一杯果汁请客
用一点慎重的沉默当作小吃
而乌鸫说出人自己不敢说的话。
当然篱笆墙用铁丝网加固过
但现在我要翻过去到她那里——
不论要花什么代价！
为这个疯狂想法而恐惧
我缠在一段落下的铁丝网上。
进屋里在我的黑色小本子里写下：
有什么人像我这样孤独？

JAG STOD DOLD I SYRENEN

Jag stod dold i syrenen och spanade:
grannhusets Signe var ogift som jag.
Sökte ord för att närma mig
men visste inte ens hur de stavades
eller om de fick plats i munnen.
Inte heller fanns mycket att bjuda henne —
i mitt hus är köket på väg ner i källarn
och råttorna regerar i kammarn.
Men man kunde väl bara sitta tillsammans.
Jag kunde bjuda på ett glas saft
med en varsam tystnad som tilltugg
medan koltrasten sa det man själv inte tordes.
Visst var staketet förstärkt med taggtråd
men nu skulle jag över till henne —
kosta vad det kosta vill!
Förskräckt över detta galna infall
fäste jag en nerfallen taggtråd.
Gick in och skrev i mitt svarta häfte:
Har någon varit så ensam som jag?

我们靠近你们

我们就像额头上的汗水那样靠近你们，
尽管我们居住在时代的另一层。
我们阻止风用自己来磨损你们
还把你们驱散到世纪中间。
在晚上我们用内向的眼睛
还用记住的模糊笑容
为你们照顾田地。
我们在黎明前润色词语
并试着用耐心对待你们
尽管你们破坏了你们周围的世界。
没有了我们这面包就不是面包
地面像隔夜的冰块那样碎裂。
没有了我们这语言就会背弃你们。
我们的死亡使你们有可能呼吸。
用我们冰冷下去的手
我们帮助你们进入你们的未来。

VI ÄR NÄRA ER

Vi är nära er som svetten i pannan
fast vi bor i ett annat skikt av tiden.
Vi hindrar vinden att slita er med sig
och skingra er bland seklen.
Vi vårdar fälten åt er om natten
med inåtvända ögon
och vaga leenden som minns.
Vi putsar orden inför gryningsljuset
och försöker ha tålamod med er
fast ni fördärvar världen omkring er.
Utan oss vore brödet inte bröd
och marken skör som nattgammal is.
Utan oss skulle språket vända er ryggen.
Vår död gör det möjligt för er att andas.
Med våra kallnade händer
hjälper vi er in i er framtid.

选自《黎明前的时刻》(2012)

Ur I vargtimmen (2012)

这一天

这一天众神成形了
一群塞尔维亚农家男孩的形象
他们在山上照管大炮
因为全无尊重而报复。
他们狞笑着淋下层层油膏
在山谷里我们这些可恨的城市居民之上。
其他人会告诉你
当手榴弹击中我的孩子时
让我遇见的那种图景。
我甚至无法哭泣
因为眼睛马上化成了石头。
时间过得越来越慢。
血管里流动着石头而不是悲伤,
石头到达了手指和脚。
现在我站在这里,一座悲哀的雕像
这悲哀我自己感觉不到。
我的眼睛在悬崖上追随新的生活
而不能追随它。我能明白的一切
是众神充满游戏的邪恶。

DEN DAGEN

Den dagen tog gudarna skepnad
av en skara serbiska bondpojkar
som skötte kanonerna uppe på berget
och gav igen för all brist på respekt.
Flinande öste de salva på salva
över oss hatade stadsbor i dalen.
Andra får berätta för dig
om den syn som mötte mig
när granaten hittat mina barn.
Jag kunde inte gråta ens
eftersom ögonen genast förstenats.
Tiden gick allt långsammare.
I stället för sorg rann sten i ådrorna,
sten som tog sig till fingrar och fötter.
Nu står jag här, en staty över sorgen
jag inte kan känna själv.
Mina ögon i klippan följer det nya livet
utan att kunna följa det. Allt jag fått inse
är gudarnas lekfulla ondska.

这个夜晚没有星星

这个夜晚没有星星
我站在那所房子外面
它来到我们生活中太晚
我通过窗户对你看了又看
但不看和你说话的那个人。
你的词语保持我活着
今天显然已经迷路。
我像个耗空的电池一样无助。
但活见鬼这时往上看啊——
我不是给你手势加手势吗,
有力量到达你的手势
只要再过一会儿。
但是你盯着我看不到的什么人。
而我明白我是死去的。

DENNA NATT UTAN STJÄRNOR

Denna natt utan stjärnor
står jag utanför det hus
som kom till oss för sent i livet
och ser och ser dig genom fönstret
men inte den du talar med.
Dina ord som hållit mig levande
har tydligen gått vilse idag.
Jag är hjälplös som ett tömt batteri.
Men titta då upp för helvete —
jag ger dig ju tecken på tecken,
tecken med kraft att nå dig
bara ett ögonblick till.
Men du stirrar på någon jag inte kan se.
Och jag förstår att jag är död.

在我爆炸开的那个时刻一切都存在

在我爆炸开的那个时刻一切都存在：
抓住我还紧咬着嘴唇的父亲
为的是不放声大哭，
我的母亲把古兰经举在面前
但手由于怀疑而抖颤，
我的朋友把炸弹绑在我腰上
还用那些处女来戏弄我
她们在天堂里推搡着排队。
正是这让我有点害怕。
这时更诱人的是那个想法
获得那些令人头晕问题的答案
它们通常在黎明时来找我。

但这里既没有天堂也没有答案。
充满我无穷无尽时刻的是
征兵办公室里的男孩们，
他们变白的叫喊，
他们变白的几段胳膊
疑问地在我身上摸索。

ALLT FINNS I SEKUNDEN JAG SPRÄNGS

Allt finns i sekunden jag sprängs:
min far som tar om mig och biter i läppen
för att inte brista i gråt,
min mor med Koranen till ansikte
men händer som darrar av tvivel,
mina vänner som fäster bomben kring midjan
och retas med mig för oskulderna
som knuffas i kön i Paradiset.
Just det skrämmer mig lite.
Mer lockande är då tanken
att få svar på de svidande frågorna
som brukar söka mig i gryningen.

Men här finns varken paradis eller svar.
Det som fyller mitt ändlösa ögonblick
är pojkarna på rekryteringskontoret,
deras vitnade skrik,
deras vitnade stumpar av armar
som trevar frågande över mig.

属于那无法被想到的东西。
有门但没有任何房间。
有声音但没有任何回音。
一切都已缩短就如历史
通过我走了一条捷径。

hör till det som inte kan tänkas.
Dörrar finns men inga rum.
Röster finns men inga ekon.
Allt är förkortat som om historien
tagit en genväg genom mig.

好像太阳在广岛上松开了

好像太阳在广岛上松开了
还把我弄成墙上的这个影子。
我什么都不记得——
生活在表面的人没有过去。
因此我的思想在转着圈子
在砖里的黑和墙里的天之间,
那黑就是我,那天就是太阳。
如果转圈达到一个手指宽度之外
思想就可以像在螺旋楼梯里那样爬,
往下看还相信自己明白。
我有时会梦想着太空
而在眩晕中醒来。我相信
我是女人,去找什么人——被制止
在非常清晰的青草影子中间。
没有人可以把自己的手放在另一人手中
因为没任何东西可以从表面上提起来。
没有人可以在情欲的阴影里
与另一人相配。
但我们互相触摸而且发冷。
这里没有云,也没有鸟。
这是秋天或是春天。雨

SOM OM SOLEN SLÄPPTS LÖS ÖVER HIROSHIMA

Som om solen släppts lös över Hiroshima
och gjort mig till den här skuggan i muren.
Jag minns ingenting —
den som lever i ytan har inget förflutet.
Därför löper min tanke i cirkel
mellan svärtan i teglet, den som är jag,
och himlen i muren, den som är sol.
Om kretsandet nådde en fingerbredd ut
kunde tanken klättra som i en vindeltrappa,
titta neråt och tro sig förstå.
Jag drömmer ibland om rymd
och vaknar till i yrsel. Jag tror
jag är kvinna, på väg till någon — hejdad
bland mycket tydliga skuggor av gräs.
Ingen kan lägga sin hand i den andras
eftersom inget kan lyftas ur ytan.
Ingen kan maka sig över den andra
i en skugga av lust.
Men vi snuddar vid varandra och fryser.
Här finns inga moln, inga fåglar.
Det är höst eller vår. Regn

我拥有的一切就是一个大锤

我拥有的一切就是一个大锤。
那最朝向大海的悬崖
没有任何人在过问
所以我能随意砸碎它,首先砸成碎片,
一天又一天又一天,
然后砸成粉末与海藻混合。
在我从大海强夺给自己的土地里,
我放入了我讨来的土豆。
但我最大的战利品是一张脸
比马铃薯花还更快乐
和沿着腹股沟送出火焰的一个声音。
我们一起为这丰收感到高兴。
那是马铃薯瘟疫和死亡
沿着道路到来之前的那年。

ALLT JAG ÄGDE VAR EN SLÄGGA

Allt jag ägde var en slägga.
Klippan ytterst mot havet
var det ingen som frågade efter
så jag var fri att krossa den, först till flis,
dag efter dag efter dag,
sedan till stoft att blanda med tång.
I jorden jag tvingat till mig från havet
satte jag potatis jag tiggt.
Men min största erövring var ett ansikte
ljuvare än potatisblom
och en röst som sände lågor längs ljumsken.
Tillsammans gladdes vi åt skörden.
Det var året före potatispesten
och döden längs vägarna.

扔下那小丑瑟瑟发抖
他眼前看到的是一个奇迹。
但那个经历这个奇迹的，
人类的奇迹，是我。

och lämnade lekaren darrande
inför vad han såg som ett under.
Men den som upplevde undret,
människans under, var jag.

我曾叫玛丽亚

我名叫玛丽亚,木头做的,
一种木头的悲伤,木头的
缓慢思想和一个不能再用的木头阴户。
但我的长裙闪着青金石光泽
还撒上了刺人的星星。
我曾被一个小丑引逗得微笑
他愿用自己简单的艺术
赞美称颂上帝的母亲。
他翻跟斗用假嗓子唱歌,
模仿所有大自然的动物
如此悲情以致木头也会感动。
我从我的基座上走下来,
我的长裙是一道波动的北极光,
还把被吓坏的小丑的头
拿在我手中。被他的气味弄晕
我摸索到他杂乱的头发里,
我吱吱响着弯腰向前
亲吻了那流汗的前额。
这时一种莫名的痛苦透过我全身——
我一瞬间是个人。
我再次逃上我的基座

JAG HETTE MARIA

Jag hette Maria och var av trä,
en sorg av trä, långsamma
tankar av trä och ett uttjänt sköte av trä.
Men min klänning lyste av lapis lazuli
och var beströdd med stingande stjärnor.
En gång lockades jag till ett leende
av en lekare som ville hylla
Guds moder med sina blygsamma konster.
Han slog volter och sjöng i falsett,
härmade alla naturens djur
och var så ömklig att trät kunde röras.
Jag steg ner från min sockel,
min klänning ett böljande norrsken,
och tog den förskräckte lekarens huvud
i mina händer. Yr av hans lukter
trevade jag i hans toviga hår,
böjde mig knakande fram
och kysste den svettiga pannan.
Då for en okänd smärta genom mig —
jag var ett ögonblick människa.
Jag flydde upp på min sockel igen

我的骑兵大军征服过世界

我的骑兵大军征服过世界。
我能竖立一道骷髅城墙
要求得到我瞥见的每个女人。
没人再敢直视我的眼睛。
但对我骑马刚踏倒的那个垢面老头
我还是感到妒火中烧。
他能在稻田劳作一天之后
擦除额头上的汗水。
能抚摸公牛的脊背
直视它们经验丰富的眼睛。
回家的路上,木柴下弯着腰,
他能感觉腿边夜晚的凉爽。

MIN RYTTARARMÉ HADE ERÖVRAT VÄRLDEN

Min ryttararmé hade erövrat världen.
Jag kunde resa en mur av kranier
och kräva varje kvinna jag skymtat.
Ingen såg mig i ögonen längre.
Ändå kände jag häftig avund
mot den skorviga gubben jag just ridit kull.
Att få torka svetten ur pannan
efter en dag på risfältet.
Att få stryka oxen över ryggen
och se in i dess erfarna ögon.
Att få känna kvällens svalka kring benen
på hemväg, böjd under veden.

这必定曾经是一个大厅

这必定曾经是一个大厅
有一扇窗户朝着虚无开启
有一扇相对的窗户朝向虚无。
一只燕子从一扇窗户闯进来,
被里面的光亮炫目而绕着圈子
又穿过另一扇窗户飞出去。
我明白这就是我的生活
但不明白我是谁。
也许是一个撒克逊人首领
遭遇了这突兀的光亮
认为这是他遇到的上帝
而他被迫让自己的子民归依基督。
或者也许是个阿拉伯诗人
在虚无和虚无之间
一个沉浸在光明中的时刻
被赠送了他的作品。

DET MÅSTE HA VARIT EN SAL

Det måste ha varit en sal
med ett fönster öppet mot ingenting
och ett motsatt fönster mot ingenting.
En svala störtade in ur det ena,
cirklade bländad av ljus därinne
och for ut genom det andra fönstret.
Jag inser att det var mitt liv
men inte vem jag var.
Kanske en saxisk hövding
som drabbad av det plötsliga ljuset
menade att det var Gud han mött
och att han var tvungen att kristna sitt folk.
Eller kanske en arabisk poet
som skänktes sitt verk
i en ljusdränkt stund
mellan ingenting och ingenting.

当我停止呼吸时

当我停止呼吸时
我感觉到你如何看着我
而你的心如何放慢搏动——
你突然发现我如此美丽。
而我读出了你的想法
你会立即去找那个雕石大师
因为他会重新塑造我,
微笑着,在用肘部支撑着
靠着我石棺的盖子。
但不要马上把我想成石头!
那正好妨碍你看到
我的眼皮如何颤抖。
它们试图征服这块石头
它已经找到进入它们的路。
我想睁开我的眼睛
再一次看到你。

NÄR JAG SLUTAT ANDAS

När jag slutat andas
kände jag hur du såg på mig
och hur ditt hjärta saktade slagen —
så vacker fann du mig plötsligt.
Och jag läste i dina tankar
att du strax ville uppsöka stenmästaren
för att han skulle återskapa mig,
leende, stödd på armbågen
längs locket till min sarkofag.
Men tänk mig inte genast i sten!
Det hindrade dig just att se
hur mina ögonlock skälvde till.
De försökte övervinna stenen
som redan letat sig in i dem.
Jag ville ju öppna ögonen
och se dig ännu en gång.

这空气有雷雨将至的气味

这空气有雷雨将至的气味。
这仍然是战争的时候吗?
在桩上设置新的头
在城门外的垃圾中?
我只知道这一刻:
压缩像两条龙
我们飞过幼发拉底河,旋转着,
充满了类似于太阳的东西。

LUFTEN SMAKAR SOM FÖRE ÅSKA

Luften smakar som före åska.
Är det ännu krigens tid?
Sitter nya huvuden i rad på pålar
bland avskrädet utanför stadsporten?
Jag vet bara detta ögonblick:
Sammantryckta som två sländor
flyger vi bort över Eufrat, svirrande,
fyllda av något som liknar sol.

你们不能触及到我

你们不能触及到我
虽然一块冰为你们的时代保存了我。
你们问：你是谁？
你想过什么？你爱过谁？
这正是我要问我自己的事。
你们知道的一切就是我最后那顿饭：
干的羊肉和果仁。
但我最后吃的当然是雪。
当我被暴风雪掩埋
失去手指和脚间的感觉
发生了我唯一还记得的事：
当我蜷缩在那条小径上
一个女人朝我俯下身来——
一个我觉得我始终熟悉的陌生人。
我的摸索横穿过她。
她的脸在燃烧，我没有触及到。
当世界缩小成一块冰
她留在了我身边。

译注：此诗中的"我"指1991年于阿尔卑斯山脉奥地利意大利交界处奥茨塔尔山冰川发现的一具因冰封而保存完好的天然木乃伊，世称冰人厄茨（Ötzi）或奥兹，也称锡米拉温人（Similaun man），约生存于公元前3300年。现在意大利波尔查诺南蒂罗尔考古博物馆公开展览。

NI KAN INTE NÅ MIG

Ni kan inte nå mig
fast ett isblock sparat mig till er tid.
Ni frågar: Vem var du?
Vad tänkte du? Vem älskade du?
Just det jag frågat mig själv.
Allt ni vet är min sista måltid:
torkat getkött och nötter.
Men det sista jag åt var nog snö.
När jag kuvats av stormen
och tappat känseln i fingrar och fötter
hände det enda jag minns:
en kvinna böjde sig över mig
där jag låg krökt på stigen —
en främling jag tyckte mig alltid ha känt.
Jag famlade tvärs igenom henne.
Hennes ansikte brann, det nådde jag inte.
Hon stannade hos mig
medan världen krympte till ett isblock.

选自《银河》(2007)

Ur Vintergata (2007)

还是用我那刮痕累累的白的？
在这灯前还有光的圆圈。
就像你的微笑预料到了我。
就像我的想法从你的里面开始。

你完全可能会等到一辆卡车
被海关招进去时的火花
或者那船匆忙停靠码头时
钢板朝向木头的可能的碰撞声。
几乎不会是舒伯特那种节拍。
几乎不会是那种有经验的词语
沉着地等待它们的意义。

译注："新生。再活一次"原文为德语"Vita nuova. Noch einmal"。

eller mitt skrapade vita?
Före lampan finns ändå dess ljuskrets.
Som ditt leende förutsåg mig.
Som mina tankar börjar i dina.

Man kunde nog ha väntat gnisslet
hos en lastbil som vinkas in av tullen
eller möjligen dunsen av plåt mot trä
när skepparn haft för bråttom vid bryggan.
Knappast dessa takter av Schubert.
Knappast dessa erfarna ord
som väntar lugnt på sin innebörd.

新生

在第七层开始建筑,
下面是空气,这会引起怀疑。
搬运公司可以租一架起重机。
无论如何我们同意地基很好。
而且我们不是最先失去生命的人。

新生。再活一次。
你寻求一次新生存的标题
记得一切但什么都没留下:
每个词都是一本涂满的日记。
每个词都空白而等着一个声音。

那磨损的擦洗地板是新的,
虽然飘忽还能在上面走。
房间被稀拉的人物十字穿过
他们要求言论自由。
让他们谈吧。我们承受得起。
电梯才是一个要审查的案件。

一个已完成生命会见一个已完成生命:
我们要用你那从不烦人的棕色饭桌

VITA NUOVA

Att börja bygga i sjunde våningen,
med luft inunder, kan inge betänkligheter.
Flyttfirman får väl hyra en kran.
Vi enas trots allt om att grunden är god.
Och vi är inte de första som mist sina liv.

Vita nuova. Noch einmal.
Man söker rubrik för en ny existens
som minns allting men inget har kvar:
Varje ord är en fullklottrad dagbok.
Varje ord är blankt och väntar en röst.

Det slitna skurgolvet är nytt
och håller att gå på fast det svävar.
Rummen korsas av glesa gestalter
som kräver yttrandefrihet.
Låt dem tala. Vi har råd.
Det är hissen som är ett fall för censuren.

Ett färdigt liv som möter ett färdigt liv:
ska vi ta ditt obesvärat bruna matbord

抱紧我

抱紧我这样我就不逃开。
有些东西要强迫我离开。我徘徊
在黄昏里,不,不是黄昏——
更是一种意义的缺乏中,
沿着一条蜿蜒的、石灰粉的道路。
和这村庄与这教堂之间的路很像
但不是路
这里既没有村庄也没有教堂。
我知道的唯一的事是那种徘徊
把我从你这里带走越来越远。
只有你的词语,
只是一种认得我的语言
感觉到每个思想和恐惧,
能用手抓住我徘徊的灵魂
把我拖回到原来那个所在。

我看不到那强迫我离开的事物,
但它看来比你的思想更强大。
而且沿着那条我当作路的路
我被迫越来越远进入这种沉默。
感到你的词语如此遥远。
抱紧我。我在逃开。

HÅLL FAST MIG

Håll fast mig så jag inte flyr.
Något vill tvinga mig bort. Jag irrar
i skymning, nej, det är inte skymning —
mera en brist på innebörd,
längs en vindlande, kalkdammig väg.
Den liknar vägen mellan byn och kyrkan
men är ingen väg
och här finns varken by eller kyrka.
Det enda jag vet är att irrandet
för mig allt längre bort från dig.
Bara dina ord,
bara ett språk som känner mig,
känner varje tanke och rädsla,
kan gripa min irrande själ vid handen
och dra mig tillbaka till det som är.

Jag kan inte se det som tvingar mig bort.
Men det tycks starkare än dina tankar.
Och jag tvingas allt längre ut i det tysta
längs detta jag tog för en väg.
Dina ord känns så fjärran.
Håll fast mig. Jag flyr.

但音乐不在了。我相信你在尝试
从这种灰色里把我唱出来。
没错,我猜到嘴唇是如何动的。
而词语存在,怪诞地延长
就如你过去唱过。但没有一个音调。
在我生活的国家没有音乐。

Men musiken är borta. Jag tror du försöker
sjunga mig ut ur det grå.
Jo, jag anar hur läpparna rörs.
Och orden finns, groteskt förlängda
som om du sjöng. Men utan en ton.
I det land där jag lever finns ingen musik.

在我生活的国家没有音乐……

在我生活的国家没有音乐，
离开你千分之一毫米。
就如你放上我 E 小调的斯特拉文斯基，
我猜想你肌肉组织中的韵律，
了解了弦乐和打击乐的部位。
但没有一个音调存在。

我可以理解这些话——
它们有和我一样的本质。
我愿意在他里面翻阅，
我最喜欢的作家他叫什么？
他是否足够聪明能放弃他的名字？
他的语言如同十月一样透明：
一种不会放弃的辞退，
一丝没有蔑视的怀疑。

我也可以理解这些图片。
在一幅画里——我肯定从你那里得到它的——
我知道是绿的这种灰色
和肯定是蓝的那种灰色统一起来了。

FINNS INGEN MUSIK I DET LAND DÄR JAG LEVER···

Finns ingen musik i det land där jag lever,
en tusendels millimeter ifrån dig.
Som om du lagt på min Stravinskij i ess.
Jag anar rytmen, i dina vävnader,
och vet ju platsen för stråkar och slagverk.
Men inte en ton existerar.

Jag kan uppfatta ord —
de har samma substans som jag.
Och jag skulle vilja bläddra i honom,
min favoritförfattare, vad hette han?
Var han klok nog att avstå sitt namn?
Hans språk är genomskinligt som oktober:
en resignation som inte ger upp,
en skepsis utan ett stänk av förakt.

Jag kan också uppfatta vissa bilder.
Detta grå som jag vet är grönt
och detta grå som säkert är blått förenas
i en tavla — jag måste ha fått den av dig.

选自《生者没有坟墓》(2002)

Ur De levande har inga gravar (2002)

却发现她这边没有船。
人人都渡过了这片水
为了看看神背对的人如何下场。
于是她带着僵硬的嘴唇
站在这一边的岸上
远远看着她丈夫的头坠落。

fanns ingen båt på hennes sida.

Alla hade överfarit vattnet

för att se hur det går den Gud vänt ryggen.

Så fick hon stå med styva läppar

på hitre stranden

och fjärran se sin makes huvud falla.

家族记忆

当盲目的战争结束时
来自红岛的一个农民
因为歌颂战败国王的罪行
被判处拷上枷锁和车轱辘。

他妻子从耶姆特兰徒步出发
去恳求正经陛下的宽恕。
带着微小心脏和出血的脚
她及时赶到斯德哥尔摩。
在城关前拦住了国王,
她的手放在马镫上:"国王慈悲——"
当这匹马直立起来时
阳光照到胸膛的国王
乐意归还她丈夫的头颅
作为证实还在赦免书上
盖上一个粗鲁的印章。

迈着敢于重新恋爱的脚步
她朝北方再转身走去。
但她在艰辛的几星期后
终于到达红岛海峡,

SLÄKTMINNE

När det blinda kriget var över
dömdes en bonde från Rödön
till stupstock och stegel
för brottet att hylla förlorande kung.

Hans hustru gick till fots från Jämtland
för att tigga det rätta Majestätets nåd.
Med litet hjärta och blödande fötter
nådde hon Stockholm i tid.
Hejdade kunden strax före tullen,
handen på stigbygeln: - Nådig herre...
Och Hans Härlighet som fått sol in i bröstet
när hästen stegrade sig
täcktes återskänka henne mannens huvud
och satte till bekräftelse
ett barskt sigill på nådebrevet.

Med steg som vågade älska på nytt
vände hon åter mot norr.
Men när hon efter steniga veckor
äntligt nådde Rödösundet

在纸上被冻僵的词语
推开了它们的内涵。
信写了一半就结束。

三

这文字比起写作的人
要聪明得多。
这几行字越来越倾斜
而这封信写的事被转变成
我们两方都无意写的东西。
那时最后一段可能磨损自己
讲述我们两人之外的事情——
我们转开去的历史,如此有效
以致我们的脸敢于离开我们。

De stelfrusna orden på papperet
stötte bort sin innebörd.
Halvvägs var brevet slut.

3.

Så mycket klokare skriften
än den som skriver.
De här raderna blir allt snedare
och brevets ärende förskjuts
till något ingen av oss avsett.

Då sliter sig kanske det sista stycket
och berättar om någonting bortom oss båda —
vår bortvända historia, så giltig
att våra ansikten törs lämna oss.

信

一

这信一半是收信人写的。
你在等我写的几行字,
你已经知道我的事那么多
因为我太近了看不见。
你通过我潦草的手迹
有那么多事要告诉我。
从我面前这张纸上升起
放下的立体声耳机里的嗡嗡声。

二

我给尼基塔·斯坦内斯库写信
不知道他刚刚死去。
感觉一种陌生的冷气
通过我的手从这些文字中升起。
这房间里多么缺乏感官印象!
我强迫他的形象在墙纸中显现:
他肿胀的样子已经学到太多,
诗在其中不见的微笑,
放弃了鞋子的双脚。
但白霜沿着我的手臂上升。

BREV

1.

Halva brevet skrivs av adressaten.

Du som väntar på mina rader,

så mycket du redan vet om mig

som jag är för nära att se.

Så mycket du har att säga mig

genom min klottrande hand.

Ur papperet framför mig stiger

ett sorl som ur avlagda stereolurar.

2.

Jag skrev till Nikita Stanescu

utan att veta att han just dött.

Kände en främmande kyla stiga

ur skriften upp genom handen.

Vilken brist på sinnesintryck i rummet!

Jag tvingade fram hans bild i tapeten:

hans svullna drag som fått lära för mycket,

leendet där dikten blev borta,

fötterna som sagt upp skorna.

Men rimfrosten tog sig uppför min arm.

但是牧羊人不熟练的舌头
充满了来自他作品的引语。

只要这种语言被说着
就没有人需要和青草白云分开,
就没有人从她爱人那里被掠走:
那活着的没有坟墓。

men herdarnas ovana tungomål
är fullt av citat ur hans verk.

Så länge det här språket talas
behöver ingen skiljas från gräset och molnen,
ingen slitas från den hon älskar:
de levande har inga gravar.

当一种语言诞生时

当一种语言诞生时
有一天要说的一切都已存在
像上颚下面的一点痒痒。
牧民们依偎在火堆周围
尝试用一个声音说明那种温暖
嘴里能感受到全部的文学
可发现难以把它当回事。
他们对一声叫喊和黑暗中
山羊眼睛的关联发出傻笑。
你能用词语抓住一个突然的念头!

一个驼背男孩要告诉他的姑娘
是她让太阳成了太阳
可他的舌头不听使唤。然而
在他愚笨的喃喃情话中
已经有几个世纪之后写成的
语言的最美丽的情书。

那个在火堆上添柴的人
是语言最伟大的剧作家。
他要在一千年后才出生

NÄR ETT SPRÅK FÖDS

När ett språk föds
finns allt som en dag ska sägas
som en klåda under gommen.
Herdarna som hukar kring elden
och prövar ett läte för detta som värmer
känner en hel litteratur i munnen
men har svårt att ta den på allvar.
De fnittrar åt släktskapen mellan ett rop
och getternas ögon ute i mörkret.
Man kan ta kring ett infall med ord!

En kutryggig pojke vill säga sin flicka
att hon är den som gör solen till sol
men tungan slinter. Ändå
finns språkets vackraste kärleksbrev,
skrivna sekler senare,
redan i hans modlösa mummel.

Den som just lägger ved på elden
är språkets störste dramatiker.
Han ska födas först om tusen år

除了真正发生的事之外的一切。
被扫进在水沟中的伊斯兰
缓慢地朝上流出。

在这地狱之光中你能看到
思想如何被置于监护之下
但是抵抗也得到了缓解。
每块石头都是一个正在绝食的囚徒。

  译注:"再来一次"原文为德文"noch eimnal"。米歇尔大道原文为法文"Boul' Mich",是巴黎一条著名林荫大道的简称。

allt utom det som verkligen händer.

Islam som sopats ner i rännsten

rinner långsamt uppåt.

I detta infernaliska ljus kan man se

hur tankarna ställts under förmyndare.

Men också motståndet får relief.

Varje sten är en fånge som hungerstrejkar.

带着湿漉漉塑料手套在空中挥动
米歇尔大道中间的警察
试着重新引导这历史的流动。
连这座桥也包裹在塑料里,
现在为了防备来自塞纳河的唾液飞溅。
或许也包裹了喃喃自语的痛苦
那是出自这个集体的记忆。

承认:我们有关人的知识
必须再次在地狱上落脚。
狗僵硬地站着倾听
在人耳之上掠过的一声尖叫——
我朝流鼻涕的德国人举起的酒杯
破碎而且割破了我的手。
他因为这血而后退。

于是我们这时会看到理性
用四肢爬着摸索
寻找那副被踩碎的眼镜
而疯狂在那尖叫声中得到庇护。
其中没一个找到了另一个。

当然。一切都可以送回来
回到知识的护栏,回到那个
在裂纹混凝土中瞥见的——

Med handskar av immig plast i vädret
försöker polisen mitt på Boul' Mich
dirigera om historiens flöde.
Till och med bron bär svepning av plast,
nu till skydd mot salivstänk från Seinen.
Kanske också av ängslan för mumlet
ur detta kollektiva minne.

Medger: vår kunskap om människan
måste åter fotas på helvetet.
Hundarna står styva och lyssnar
till ett skrik som far ovan människoörat —
glaset jag lyft mot den snyftande tysken
spricker och skär mig i handen.
Han ryggar för blodet.

Så skulle vi då få se förnuftet
på alla fyra treva
efter sina söndertrampade glasögon
medan vansinnet tar skydd i sitt skrik.
Ingen av dem har hittat den andra.

Visst. Allt kan återföras
till gallret av vetande, det som skymtar
också i den spruckna betongen —

我们埋葬福柯的这天

这无情的黑太阳
在日历里有一个恰当的位置。
商店护栏当然是锁住的——
今天人无心出售的是什么?
一个城市充满没人敢走的街道
在这里人也会感到紧张。
而我们对排污系统有一点点了解吗?
司法部是一个大胆的假设。

咖啡馆桌边的一位德国哲学家
胡子就像一条干涸了的瀑布
在玻璃杯上喃喃说着"再来一次"。

但是寻找自己另一生命的那个人
会把没用过的一年引诱回来
它在精神和洞察力上还没割裂。
十七世纪从这些墙壁里渗出
具有令人信服的金属味。
逻辑内部还居住着不合理的爱情。
巴黎不仅仅是一个文本。

DEN DAGEN VI BEGRAVDE FOUCAULT

Denna obevekligt svarta sol
har en passande plats i kalendern.
Butikernas galler är förstås låsta —
vad frestas man inte sälja idag?
Man blir också nervös i en stad
så full av gator ingen torts gå.
Och vet vi ett dyft om kloaksystemet?
Palais de Justice är en djärv hypotes.

Vid kafébordet mumlar en tysk filosof
med mustasch som ett sinande vattenfall
sitt "noch einmal" över glaset.

Men den som söker sitt andra liv
får locka tillbaka ett obrukat år
som inte har spjälkats i vanvett och insikt.
Det sjuttonde seklet sipprar ur murarna
med en övertygande smak av metall.
Inuti logiken bor ännu en oresonlig kärlek.
Och Paris är mera än en text.

选自《另一生命》(1998)

Ur Det andra livet (1998)

正如他的生活——
要用几十年才明白青色是蓝色。
而现在他几分钟里就成功了
能画出敲钟的声音。

画笔沉落。
画布已强迫一种风景出现
在那个只自称风景的风景里。
那条路真转弯了。
每一秒都有了一道潮湿的光芒
以前没有人能看到。
他带着搏动的疼痛站起来
在突然新鲜的去年的草地上。

Som hans liv —
Tog decennier att inse att grönskan är blå.
Och nu har han lyckats på några minuter
att måla klockklang.

Penseln sjunker.
Duken har tvingat fram ett landskap
i det som bara kallar sig landskap.
Och vägen vänder verkligen.
Varje sekund har en fuktig glans
som ingen kunde se förut.
Han står med sin bultande värk
i det plötsligt friska fjolårsgräset.

这是对太阳的多大渴望!

在包深色头巾的女人中间
走着他的母亲,在对死者的悲哀中佝偻。
当其他人在那条弯道之外消失
她自行其事,
如一缕烟雾似的淡蓝留在路上。

如此难以忍受另一次触摸——

那是可以触摸世界的颜色。
当然他提到了逻辑。和这个锥体。
但是,这样的是近似值。
没有一种理论能在万物内部
把握住愤怒的力量。
只是一种对颜色的把握
可以强制"现实"成为信息。

斑点接着斑点,一种顽固的尺度
从这村庄里提升出来一个村庄:
山墙,一个教堂塔楼,一条可能的路
和一群燕子的赋格曲。
每个房子都无人居住:等待着
那个还有力气回来的人。
一天是一年。

vilken törst efter sol!

Bland kvinnorna i mörka huvudkläden
går hans mor, krökt i den dödas sorg.
När de andra försvunnit bortom kurvan
gör hon sig ärende,
kvar som ett disigt blått över vägen.

Så svårt att uthärda annan beröring —

Det är färgen som får röra vid världen.
Visst har han nämnt logiken. Och konen.
Men sådant är närmevärden.
Inte kan en teori ta tag i
de rasande krafterna inne i tingen.
Bara ett grepp av färger
kan tvinga "verkligheten" till besked.

Fläck på fläck, en envis skala
som lyfter ut en by ur byn:
gavlar, ett kyrktorn, en möjlig väg
och en fuga av svalor.
Varje hus är obebott: väntar
den som orkar komma tillbaka.
En dag är ett år.

巡回路线

在还不存在的东西里
塞尚搭起了一个粗糙的画架。
他知道不存在者的地质,
一层接一层,如此妥当
画布的裸体已经完全真实。

那条路在去年的青草里转向
依然带着一个思想里的拐弯,
是从一个中国老人那里偷来。
它从一个污秽的章节里涌起
当他已经用刀把它刮掉——
你从未在那里存在!

从那些阴影开始
而朝着发光的中心用笔。
蓝灰色能吸引一块田地返回。

正如他在这个奸诈年头的生活:
敲打着的脚不愿意痊愈
会考虑离开他。
同时道路愿意重新开始——

ROUTE TOURNANTE

Cézanne har ställt ett vresigt staffli
i det som ännu inte är.
Han känner frånvarons geologi,
skikt efter skikt, så väl att redan
det nakna i duken blir helt autentiskt.

Vägen som vänder i fjolårsgräset
är ännu bara en sväng hos tanken,
stulen från en gammal kines.
Den rinner upp i ett solkigt kapitel
som han skrapat bort med kniven —
du var där aldrig!

Börja med skuggorna
och arbeta in mot den ljusnande mitten.
Det blågrå kan locka ett fält tillbaka.

Som hans liv det här förrädiska året:
den dunkande foten som inte vill läkas
kan tänka sig att lämna honom.
Samtidigt vägen som vill, på nytt —

我就会告诉你你是谁。
借给我你的眼睛
我就会向你展示一个世界
用一分钟让这世界变得清晰。
借给我你的呼吸
你喘息一次就理解
你已活了很久。

注：在古罗马雄辩家西塞罗出生地阿尔皮诺的一堵墙上，此诗已"写于石头中"。

och jag ska säga dig vem du är.

Låna mig dina ögon
och jag ska visa dig en värld
som en minut gör världen tydlig.

Låna mig din andedräkt
och du ska med en flämtning förstå
att du har levat mycket länge.

Not: Dikten har "skrivits i sten" på en vägg i Arpino, Caesars födelsestad

写于石头中

近些,再近些,
近到你能触摸这文本。
我从石头里朝你摸索
倘若你的指尖按住我的
就能感觉来自一个世界的脉动
那世界聚合着像一个阴谋。
我对自己的生活毫无记忆
但相信我把自己写成更大的我
会居住在我的文字里
谁愿意进来那门都会打开。

也许我起初就是农民之子。
如果你把前额贴近这石头
无疑会听到我固执的想法
如一辆山路上远行的牛车。
可能我成了某类雄辩家
让众人在一声惊呼中跟随我
很容易误把这当作生活。

贴近点,进入这石头一毫米。
借给我你的声音

SKRIVET I STEN

Kom närmare, ännu närmare,
så nära att du kan rora vid texten.
Jag trevar mot dig inifrån stenen.
Om du pressar dina fingertoppar mot mina
kan du känna pulsen från en värld
som hängde ihop som en sammansvärjning.
Själv minns jag ingenting av mitt liv
men tror jag skrev mig fram mot ett större jag
som skulle bo i mina tecken
med dörren öppen för vem som ville.

Kanske var jag från början en bondson.
Om du lutar pannan mot stenen
hör du nog mina handfasta tankar
som en avlägsen oxfora längs bergvägen.
Möjligen blev jag en sorts vältalare
och drog mängden med mig i ett sus
som var lätt att förväxla med livet.

Kom närmare, en millimeter in i stenen.
Låna mig din röst

叫做什么有54个字母的名字
没人再能塞进嘴里。
这是人还可以忍受的。
只要所有这些
死去了第二次的
没有带走这沃土的粗糙，
出自树叶的绿，出自溪流的清凉。
脚可以突然横穿过地面。

而没人知道这风要我们做什么
或者我们为什么曾经来过这里。
当然我们可以听到树上的鸟
但是这首歌已经成了什么？

heter något på 54 bokstäver
som ingen får in i munnen mer.
Det kan man stå ut med.
Om bara inte alla dessa
som dött för andra gången
tagit mullens stravhet med sig bort,
grönskan ur lövverket, svalkan ur bäcken.
Foten kan plötsligt gå tvärs genom marken.

Och ingen vet vad vinden vill oss
eller varför vi kom hit en gång.
Visst hör vi fåglarna i trädet
men var har sången blivit av?

当一种语言死亡时

当一种语言死亡时
死者第二次死亡。
在潮湿得闪光的犁沟里翻动土壤的
那个尖锐的词,
带冒气咖啡且边缘缺口的词,
曾在一个瞬间中反射出
那窗户和外面吵闹的榆树
那光亮但有点脱落的词,
这只手在羞涩的保险之下
在黑暗中去摸索的
秘密地散发香味的词:
这些词给了那些死者一个
生命之外的生命
和一种更大记忆中那些活的部分
刚被从这历史中刮除出去。

如此多的阴影散落!
没有一个名字可以在里面住
它们被迫进入最终的流亡。

在生长过分的车站上的标志

NÄR ETT SPRÅK DÖR

När ett språk dör
dör de döda för andra gången.
Det vassa ordet som vände jorden
i fuktigt glimmande fåror,
det kantstötta ordet med rykande kaffe,
det blanka, lite flagade ordet
som ett ögonblick reflekterade
fönstret och den bråkiga almen därute,
det hemligt doftande ordet
som handen sökte sig mot i mörkret
under skygga försäkringar:
dessa ord som gav de döda ett liv
bortom livet
och de levande del i ett större minne
har just skrapats bort ur historien.

Så många skuggor som skingras!
Utan ett namn att bo i
tvingas de i slutlig exil.

Skylten på den övervuxna stationen

选自《当道路转向》(1992)

Ur När vägen vänder (1992)

此外额头后面是一团缠绕着的空虚，
而且难以保持控制。
而我料到你们对我们抱着希望
需要感觉到我们的无助。
从我头顶飞起得那只鸟
来自这些分散开的碎片，
给你们带去有关我们的无助的消息。

mera en slingrande tomhet bak pannan
och svår att behålla greppet om.

Men jag anar att ni som hoppas på oss
behövde känna vår hjälplöshet.

Fågeln som lyfter från mitt huvud
från dessa skärvor som skingras
har bud till er om vår hjälplöshet.

他是我们最好的弓箭手：
他腐朽的箭从未错失目标。
但他的目标是什么？
目光应到之处他只有恐惧。
他的双唇因为他看见的事而抿紧。
抿紧的黑色嘴唇是陶土的。
脊背上有一片手掌宽的皮肤，
完全没有防护，起泡而且发黑——
一段剥落的文本，不为任何人。
这是一种终结的孤独。

有三十八种形态的孤独。

我冲向前去，我的帽子
是一只鸟从我头上飞起。
我们在崩溃的秩序中摇摆
进入那增长的光线里。
有一块疼痛的瓦片做眼睛
我看到闪光中充满形象，
燃烧的白色。
他们带着醉熏熏的面容朝我们走来：
毫不留情。我认得他们！
认得我们自己的样子。

我只剩下唯一一个念头，

att han är vår bäste bågskytt:
hans multnade pil förfelar aldrig sitt mål.
Men vad är hans mål?
Han har bara skrämsel där blicken bort vara.
Hans läppar är strama av det han ser.
Stramande svarta läppar av tegel.
En handsbredd av huden på ryggen finns
fullständigt skyddslös, bubblar och svartnar,
en flagande text, för ingen.
Det här är en slutlig ensamhet.

En ensamhet i 38 formationer.

Jag rusar framåt, min hatt
är en fågel som lyfter från huvudet.
Vi vacklar i sönderfallande ordning
in i det växande ljuset.
Med en värkande tegelskärva till öga
ser jag att flimret är fullt av gestalter,
flammande vita.
De kommer emot oss med rusiga ansikten:
skoningslösa. Jag känner igen dem!
Känner igen våra egna drag.

Jag har en enda tanke kvar,

只是从地底发出的一声僵硬嘶鸣。

我一半仍在睡眠状态。
就在一瞬间之前
我还有知觉。被什么人搜寻,
近得就像我自己的皮肤,跪着,
头梳下绷紧的一束头发
垂落到地面上
当嘴唇寻找着我跳动的腹股沟——
在我已经不在的那些世纪里
依然在保卫着品行:
一张越来越融化开的面容,
一个越来越疏散开的声音,
那个知道我的寂寞的唯一的人。
现在除了这道光什么都没有了。

没有什么其他事曾经发生过。

一个弓箭手近在咫尺,跪着,
弓已张紧对准这跳动的光,
没有木头,没有弓弦,而生铜锈的
箭头坠落在地面。
他必定曾有个名字。或者
甚至没有什么名字去遗忘?
然而根据情形我还是理解

bara en styvnad gnäggning ur jorden.

Jag är till hälften kvar i sömnen.
Ännu för ett ögonblick sen
ägde jag sinnen. Och söktes av någon
nära som min egen hud, på knä,
en hårslinga spänd under kammen
som faller till marken
när läpparna söker min dunkande ljumske
och alltjämt försvarar sin vandel
under de sekler jag varit borta:
ett alltmer upplöst ansikte,
en alltmer förflyktigad röst,
den enda som kände min ensamhet.
Nu finns ingenting annat än detta ljus.

Ingenting annat har någonsin hänt.

En bågskytt alldeles nära, på knä
med bågen spänd mot det bultande ljuset,
utan trä, utan sträng och den ärgade
pilspetsen fallen till marken.
Han måste ha haft ett namn. Eller
fanns inte ens något namn att glömma?
Likväl förstår jag av sammanhanget

西安的帝国大军

是一道什么吞噬人的灯光
我们摇晃着朝它走去？没有武器。
我的剑只是握住的一种空虚，
木柄已经腐蚀，
青铜已经坠地，变成青绿，
就如蛋壳一样脆弱。感觉
其他人惊惧的面容在我的脸内。
我痉挛的肌肉在他们的肌肉里寻找
却找不着我们的狂喜痉挛：
嘴唇上僵硬了的叫喊，
让我们变得冷酷无情的精神错乱。
我们先头部队这里没有铠甲——
在和来犯者相遇中
醉意将是我们的盔甲。
我们等着它，发着抖，一大群
互相扶持的碎片，毫无价值地
接受他人的支撑。什么都不理解：
我们的军队就是不可战胜的。

往旁边一点
我料想是一匹马的腹部：

DEN KEJSERLIGA ARMÉN I XI-AN

Vad är det för ett förtärande ljus
vi stapplar fram mot? Utan vapen.
Mitt svärd är bara en tomhet i greppet.
Trähandtaget förmultnat
och bronsen fallen till marken, ärgad
och spröd som äggskal. Känner
de andras förfärade ansikten inne i mitt.
Mina ryckande muskler letar i deras,
hittar inte vår hänryckning:
de styva skriken över läpparna,
yrseln som gjorde oss obevekliga.
Här i vår förtrupp finns inte en brynja —
i mötet med det kommande
skulle berusningen vara vårt pansar.
Vi väntar på den, skakande, en skara
fragment som lutar in i varandra, ovärdigt
tar stöd i andra. Förstår ingenting:
vår armé är ju oövervinnelig.

Lite åt sidan
anar jag länden av en häst:

必定是你把它送来的。

它已如此磨损。我没有任何东西去修补它。

不过这其实是一件披风。

我迅速用它包住发抖的国家。

必须有更多的耐心。

必须从近处开始。

现在我要考虑一个卑微的词：

蠼螋。在窗台上疾窜

不，拘泥细节精确地说

是在人期待有个窗台的地方，

但不可能预见。看起来

在死亡中出出进进不受伤害，

走出我的世界，进入你的。

现在它在一个手指上开辟捷径。

就如一个时刻存在。这个词的

抵抗是一种突然的快乐。

Måste vara du som sänt det.
Så slitet det är. Jag har inget att laga med.
Men det faktiskt en kappa.
Jag sveper den snabbt om det huttrande landet.
Måste ha mera tålamod.
Måste börja med det nära.

Nu ska jag tänka ett lågt ord:
tvestjärt. Kilar på fönsterbrädan,
nej, där man väntat en fönsterbräda,
pedantiskt exakt
men omöjlig att förutse. Tycks
ta sej oskadd ut och in i döden,
ut ur min värld, in i din .
Nu genar den över ett finger.
Som ett ögonblick finns. Ordets
motstånd är en plötslig lycka.

强迫这不确定的绿色成为树叶,
用五个手指,个个都精确。
也许一分钟内让这个词
这棵不存在的树
成为一棵枫树
而这树把这个词变成一个人的金翅雀
在树梢上摇摆。没有音符
在人期待它的地方。

道路在一瞬间清晰起来——
这正是到符拉迪沃斯托克去的路。
而你站在这路上。
感觉你是站在我的黑暗中看着,
不要停止对着我呼吸!
我在你的风中举起手。
泥泞的平原容得下一个地中海。
地球下面深处的海豚鳍
不间断地耕作,就像这个作家的手。
一个有闪光皮肤高度的克里特岛
被捕捉在泥土中。海浪升起,
几乎没有能力收回它们的"对"——

黑暗。这太早了。
我孤单的思想发冷。
我手里怎么得到"披风"这个概念?

som tvingar det obestämt gröna till löv,
vart och ett exakt, med fem fingrar.
I kanske en minut gör ordet
detta träd som inte finns
till en lönn
och trädet gör ordet till ens steglitsa
gungande ytterst på grenen. Ingen ton
är där man väntade den.

Vägen blir ett ögonblick tydlig —
det är ju vägen till Vladivostok.
Och du står på den.
Känner du står och ser i mitt mörker.
Sluta inte att andas åt mej!
Jag lyfter min hand i din vind.
Den leriga slätten rymmer ett Medelhav.
Delfinernas fenor djupt under jorden
plöjer oavbrutet, som skrivarens hand.
Ett Kreta med höjder av glimmande hud
är fånget i leran. Vågorna lyfts,
förmår knappast hålla tillbaka sitt ja —

Mörker. Det är mycket för tidigt.
Min ensamma tanke fryser.
Hur fick jag begreppet 'kappa' i handen?

被自己的词语掐住。
现在深呼吸五次告诉我
你救出了我的手稿
有些人读了我写的东西。有人
翻过了一页：把用来看的词语给我。
盯着那个空空的窗框架。那个桶
在角落里：一种意识形态的恶臭。
我看得非常清楚我是死的。
我看到什么都没有改变。
事实上新的词语还从嘴里出来
活动着穿过这里的空虚。
虽然有人在房间里抽过烟
会发现我浑身是诗的虱子。

你说，没有人在死后还写作。
但那可错啦，娜嘉！
如果我停止
你的心脏会停止跳动
而俄罗斯仍然是一个荒凉的概念。

你不敢相信吗？
我看到你的怀疑如枝杈
在窗外分开，一片有暗示的绿色。
我的词语摇摆着落在其中，
几个试验的音调，一个线卷

kvävs ju av sina egna ord.
Nu säjer mej fem djupa andedrag
att du räddat mina manus
och att några läser det jag skriver. Någon
vänder ett blad: ger mej ord att se med.
Fixerar den tomma fönsterbågen. Hinken
i hörnet: en bucklig stank av ideologi.
Jag ser mycket tydligt att jag är död.
Jag ser att det ingenting ändrar.
Nya ord tar sej faktiskt ur munnen
och rör sej genom tomheten här.
Man ska hitta mej lusig av poesi
fast man rökt i rummet.

Ingen skriver efter sin död, säjer du.
Men det är ju fel, Nadja!
Om jag slutade
skulle ditt hjärta sluta att slå
och Ryssland förbli ett ödsligt begrepp.

Du törs inte tro?
Jag ser din tvekan förgrena sej
utanför fönstret, ett antytt grönt.
Mitt ord slår sej gungande ner i det,
några prövande toner, en slinga

什么人在为我呼吸。

我还有力气想到用胳膊
撑起自己透过窗户窥探。
看来什么都没有改变：
空荡的风景，缺少氧气，
寂寞的西伯利亚气息——一切
是老样子。祖国的父亲一清二楚
如何搭成死亡王国。已经住过了
好像这片国土本不存在。
他的眼睛只是用来看的一种僵硬的疑心，
大胡子只是一种狼灰色的愤怒
能在他的俄罗斯中间嗅出另一个俄罗斯，
让这片国土看得见的一片国土。
但是群星低矮，有弹性的图象
提供了他要求的那些信息。

那些颠倒了现实的人
如何恐惧诗歌：一种意外的抵抗
使得它有可能看见。

他们干脆就得掐住我的声音。
把我从读者的记忆中切除
就像从百科全书中裁掉一页。
那个没人听的人

Någon andas åt mej.

Orkar tänka jag lyfter mej
på armen och glor genom fönstret.
Tycks som om inget förändrats:
det tomma landskapet, bristen på syre,
den sibiriska lukten av ensamhet — allt
är detsamma. Landsfadern visste på grammet
hur dödens rike är sammansatt. Levde redan
som om landet inte fanns.
Hans ögon bara en stel paranoia att se med,
mustaschen bara en varggrå vrede som vädrat
ett annat Ryssland mitt i hans Ryssland,
ett land som gör landet synligt.
Men stjärnorna lågt, elastiska bilder
som gav de besked han begärde.

Hur de som förvaltar verkligheten
fruktar poesin: ett oväntat motstånd
som gör det möjligt att se.

De måste helt enkelt kväva min röst.
Snittade bort mej ur läsarnas minnen
som man klipper en sida ur uppslagsboken.
Den som ingen lyssnar till

我依然叫做奥西普·曼德尔斯塔姆

不,这不是偏头痛
而是一项任务的残余。
搏动着
仍然在空虚中。

娜嘉,我只是那么难以呼吸。
就好像我们还躺在窝棚里
凝视着棚顶:一种拥挤如此巨大
以致在"拥挤"这个词里没地方。
这个简易板房是一个万人冢
在这里我们分享彼此的死亡。听着其他人的
迟钝的想法在房间里摸索
找一个窗口。同样清楚
就像这里面的小便气味。

最后我教会自己,
在发热和排泄物中消融,
用这个身体思考。

而穿过这房间的气流
(哪里来的?)给了我力量。

JAG HETER ALLTJÄMT OSIP MANDELSTAM

Nej, detta är inte migrän.
Det är rester av ett uppdrag
bultande
ännu i tomheten.

Jag har bara så svårt att andas, Nadja.
Som om vi låg kvar i kojerna
och glodde i taket: en trängsel så stor
att den inte får plats i ordet 'trängsel'.
Den här baracken är en massgrav
där vi delar varandras död. Hör de andras
långsamma tankar famla i rummet
efter ett fönster. Lika tydligt
som lukten av piss härinne.

Jag lärde mej till sist,
löst i feber och avföring,
att tänka med kroppen.

Och fläkten som drar genom rummet
(var kom den ifrån?) ger mej kraft.

然后带着自己的女人走入月光，
倾听独一无二的琵琶，
感受掠过脖颈上的凉风。
就不会感到奇怪
我被认为对国家有危害
被投入监狱。最终
剃刀成为唯一的朋友。

有一个意愿我还是要总结：
当历史中你的时刻来临之时——不要寻找借口，
它们当然在你的楼梯上排队等候。
跨入那些有着闷烧的边缘
在等待着的词语。
或接过我的死亡。
我会把它抛越过你逃逸的背
像一条狗的尸体。

och sedan gå ut med sin kvinna i månljuset,
lyssna till den enda lutan
och känna den kyliga luften dra över nacken.

Inte att förundras över
att jag ansågs farlig för staten
och hystades i fängelse. Till sist
med rakkniven som ende vän.

Ett vill jag ändå sammanfatta:
när ditt ögonblick i historien kommer —
leta inte ursäkter,
de köar nog uppför din trappa.
Stig in i de ord som väntar
med pyrande kanter.
Eller överta min död.
Jag ska kasta den över din flyende rygg
som liket av en hund.

还得到祈祷应验的诅咒。
我把我的行动卷入一粒灰尘
像法律的包铁轮子一样到来。

在他人思想边缘的涂鸦
已搜集起来叫做《焚书》。
我认为我揭露的那些人
渴望得到我的性命。现在我知道
词语是比这还危险的事物，
这火横穿这个世纪来寻找它们。
那些真正的字
在运笔中间已经焚烧。
好思想有着烟味。

我多么想念你们，我的朋友们，准备
反驳我写的一切，忍受
像我一样的急躁，一样的愤怒。

不是你而是我得到了永恒：
那些虚假的、肯定的字符之一。
是的，我要！但在我要的事物内部，
我要粉碎一切结论。
当我的同事们坚持其一统之事
我打断他们，建议他们
将这天用于交配之享受，

Och förbannades med bönhörelse.
Jag rullade in min gärning i ett dammkorn
och kommer som Lagens järnskodda hjul.

Detta klotter i kanten på andras tankar
är samlat och heter *En bok att bränna*.
Jag trodde att dessa jag avslöjat
skulle trakta efter mitt liv. Nu vet jag
att ord är farligare ting än så
och att elden söker dem tvärs genom seklen.
De verkliga tecknen
brinner redan i penseldraget.
Den goda tanken smakar rök.

Vad jag saknar er, mina vänner, beredda
att gendriva allt jag skrev, plågade
av samma otålighet, samma vrede som jag.

I stället för er får jag evighet:
ett av de falska, bejakande tecknen.
Ja, jag ville! Men inuti det jag ville
ville jag bryta all sammanfattning.
När mina kolleger gick på om *det Enda*
avbröt jag och rådde dem
att ägna dagen åt avlandets nöjen

一片有关皇帝天职的嘟哝中，

而人们在他背后创造出

那种严格的风格

没有一点唯属于个人的声音。

我生来要粉碎那个文本。

在猪年得到了机会。

但我的词语，那么习惯出击，

却犹豫起来。如此多的事情可以责怪。

我的机敏落在这书写者的笔上。

我自己蹒跚向前像一队蠕虫，

从不孤单，不，一个双腿的家族，

一个头有三十张嘴要喂。

三十个灵魂走向一个官职

我怎么能走出这样的饥饿？

而反叛只提供一个新句法，

英雄总是老样子。

在一根头发的最尖端

他们重新建立一座庙宇。

于是借口们聚集在我房子前，

而这一时刻已过去。

很晚我才理解我真的理由。

我希望把这个时刻的意义

换成我页边批注的永恒。

i ett mummel om kejsarens plikter mot Himlen
medan man skapade bakom hans rygg
den stränga Stilen
utan en enda enskild röst.
Jag föddes att bryta sönder den texten.
Tillfälle gavs i Grisens år.
Men mina ord, så vana att slå,
tvekade. Så mycket att skylla på.
Min vighet satt i skrivarens pensel.
Själv skred jag fram som en luskung,
aldrig ensam, nej, en släkt på tvenne ben,
ett huvud med trettio munnar att mätta.
Trettio själar på väg mot *ett* ämbete —
hur skulle jag kunna gå ut ur den hungern?

Och revolt ger ju bara en ny syntax,
hjältarna alltid desamma.
På den yttersta spetsen av ett hårstrå
grundar de på nytt ett kloster.

Så samlades ursäkter framför mitt hus
och ögonblicket passerade.
Sent begrep jag mitt verkliga skäl.
Jag hoppades byta stundens betydelse
mot evighet för mina randanteckningar.

《焚书》

你在我的经历中翻阅,
在我本应烧掉的那些纸页中。
不过什么都看不到。你不明白吗?
你要从老师傅李贽那里
找出某行句子来引用。那是
徒劳的。没人能指出
我的词语。我写作就如野兔跳跃
如猎鹰出击。不为迎合读者,
也不为书写出那种引语
让你们称为杰作。
我在他人著书的页边写字,
在字里行间提问,
在未写字书页提供空间时驳斥。
别同意。要怀疑我的词语
还在这文字中看到*你的*角色变清晰——
不过只为了迅速溜出
那个知道你是谁的新陷阱。
而猎鹰重新起飞。

我自己活在一个更大的文本里,
在不可读的官吏中间,

EN BOK ATT BRÄNNA

Du bläddrar i min erfarenhet,
bland dessa sidor jag skulle ha bränt.
Men ser ingenting. Begriper du inte?
Du söker ju någon rad att citera
från den gamle mästaren Li Zhi. Och det
är fåfängligt. Ingen sätter fingret
på mina ord. Jag skrev som haren hoppar
och falken slår. Icke för att ge läsaren rätt
eller pensla ut det slags citat
ni kallar för mästerverk.
Jag skrev i kanten på andras böcker,
ifrågasatte mellan raderna
och vederlade när oskrivna sidor gav plats.
Så instäm inte. Tvivla på mina ord
och se *din* roll i skriften förtydligas —
men bara för att snabbt slinka ur
den nya snara som vet vem du är.
Och falken lyfter på nytt.

Själv levde jag i en större text
bland oläsbara ämbetsmän

在旅行着的抽象绝望和
留下来的、未成文字的严酷音乐中。
能行走数年,直到音乐找到他。

他正在路上
而还没上路。

i abstrakt förtvivlan som reser
och sträv musik som blir kvar, oskriven.
Kan gå år tills den hittar honom.

Han är på väg
och inte på väg, annu.

唱着歌的耸立肩膀。
他如此了解他们。几十年来就有了
一个录音筒里的每个声音，每个音调：
记录众民族交情的轨迹
横穿过闪着光的铁丝网——
在遥远的韵律中开始的韵律，
在偏远的村庄里继续的村庄。
这些分散的声音，超越声音的声音，
知道被拖到外面广场上去的是什么：
某些不再被理解的东西。
现在他们在寻找他。
一个锉刀般刺耳的四分之一音符的开始
到一个没有结局的音乐总谱。

我必须离开欧洲。
只有这样我才能表达*欧洲*。

在尼姆这里天开始晚了。
这晚上在"晚上"这个词和
一种不可思议地坠落的黑暗中是分裂的。
只有那个离开的人
可以来到这里。
他正在路上。
但那些无意义的事用其非手之手
已经触摸到了他。他是分裂的

sammandragna axlar som sjunger.
Så väl han känner dem. Har sen decennier
varje röst, varje ton i en vaxrulle:
spår som tecknar folkens förbrödring
tvärs genom sprakande taggtråd —
rytmer som börjar i fjärran rytmer,
byar som fortsätts i avlägsna byar.
Dessa lösryckta röster, röst bortom röst,
vet vad som just släpas ut på torget:
något som inte kan uppfattas längre.
Och nu söker de honom.
En början i raspande kvartstoner
till ett ändlöst partitur.

Jag måste lämna Europa.
Bara så kan jag artikulera *Europa*.

Det börjar bli sent här i Nîmes.
Kvällen är kluven i ordet 'kväll'
och ett obegripligt fallande mörker.
Bara den som ger sej iväg
kan komma hit.
Han är på väg.
Men de meningslösa har rört vid honom
med sina icke-händer. Han är kluven

被分成符号和牙齿的摩擦,
不可理解但可以对付。

他被一种脆弱的愤怒震动:
他们是非人,他们的语言是分离的。
他们把人身上的人性
从叫做人的身上分离。
他们让辛辣的硝烟远离"措施"那个词。
那么一切都成了可能的。

只要在匈牙利有一条街还用野兽的名字
就不能有任何牌匾安到我头上,
任何集会广场借用我的名字。

广场。不由自主的信号。来自
泥土和天空,一种没有道路的生命
有常来的新的征服者,这些人
进了这个村庄的教堂里面:
他们已经把人质拖到那里。这个教会
在那里面不可控制的瘟疫中
在传到外面广场上的乞求哭喊中分裂。
禁止集会。那些绝望的人没有一个
可以因为什么别人存在。
他们被分成了抽象的共同体
散播这一段内向的歌曲,

kluven i tecken och tandagnissel
obegriplig men hanterlig.

Han skakas av en spröd vrede:
De är icke-människor, deras språk åtskillnad.
De håller det mänskliga i människan
skilt från vad de kallar människan.
De håller den fräna röken borta från ordet 'åtgärd'.
Då blir allting möjligt.

Så länge en gata i Ungern bär Vilddjurets namn
får ingen plakett sättas upp över mej,
inget salutorg låna mitt namn.

Torget. Signalerna utom sej. Kommer
från lera och himmel, ett liv utan vägar
med ständigt nya erövrare, dessa
är inne i byns kapell:
dit har de släpat gisslan. Församlingen kluven
i den ogripbara plågan därinne
och de tigande ropen ute på torget.
Förbud att samlas. Ingen av de förtvivlade
får finnas för någon annan.
De har spjälkats i abstrakt gemenskap
och spridda stycken inåtvänd sång,

在那个角落里有辆想象的雪铁龙车在监视
有两个帽子拉低的男人:
无意义事物的一部分。
在普罗旺斯的这个十月夜晚
他们在词语中裂开和变冷。
他们触动的一切都变得抽象。他是
一个数字。说明:自愿的非雅利安人;
他给戈培尔的信
要求把他也列在
那些颓废音乐家中间
信是一个犹太人签名。

但是一个弦乐四重奏里的几个音节
就能挡住一辆装甲车吗?
这些侦察员的不安在背叛:他们不确切知道。

现在要紧的是给他的信号
来自斯洛伐克北部的一个村庄:
一种连续的尖叫和吹哨声。
有代码的他会接受它,紧张。
甚至没有放下他的酒杯。他的听力——
一个那样不可思议的放大器——收听到每片树叶
落在遥远广场上的声音。噼噼啪啪的
声音围着他的桌子散开。对于那辆车里的男人
那遥远处的悲伤涌了进来

Vid hörnet vakar en imaginär Citroën
med två karlar i nerdragna hattar:
en del av det meningslösa.
Denna oktoberkväll i Provence
klyver de i ord och svalka.
Allt de rör vid blir abstrakt. Han är
ett nummer. Anmärkning: frivillig icke-arier;
hans brev till Goebbels
med krav på att också han
skulle tas med bland entartete Musiker
är signerat av en jude.

Men kan några takter i en stråkkvartett
stå i vägen för en stridsvagn?
Spanarnas oro förråder: de vet inte säkert.

Vad det gäller nu är signalerna till honom
från en by i norra Slovakien:
ett oavlåtligt gnissel och pipande.
Och han som har koden tar in det, spänd.
Har inte ens satt ner sitt glas. Hans hörsel —
en sån ofattbar förstärkare — får in varje löv
som faller på det fjärran torget. Knastrande
röster sprids kring hans bord. För männen i bilen
är den avlägsna sorgen som väller in

贝拉·巴托克对抗第三帝国

你没有任何配给卡吗?
在法国这里人们在挨饿。
需要两张券来呼吸,
三张券来观看。——在这个毫无意义的大陆上
他知道,家里到处如此。
每条街都是手上一条孤独的线路。

必须在尼姆这里寻找他,
就在他要离开欧洲的这个时刻。
就在这个突破点。

一次没有提问和回答的面试。
他的桌子只在两米之外
但这个距离不可克服。
他是一种 49 公斤重的沉默
带着一种火焰而不是目光。
把刀子和叉子
放在小鱼骨架旁边
并把自己最后几滴裴瑞尔酒举向……
又阻止了自己。

BÉLA BARTÓK MOT TREDJE RIKET

Har ni inga ransoneringskort?
Här i Frankrike svälter man.
Krävs två kuponger för att andas,
tre för att se. — Han vet, är hemma överallt
på denna meningslösa kontinent.
Varje gata en ensam linje i handen.

Måste söka honom här i Nîmes
just i den stund han ska lämna Europa.
Just i brytpunkten.

En intervju utan frågor och svar.
Hans bord är bara två meter bort
men avståndet kan inte övervinnas.
Han är en tystnad på 49 kg
med en flamma i stället för blick.
Lägger ifrån sej kniv och gaffel
på det lilla fiskskelettet
och lyfter sin sista skvätt Perrier mot...
Hejdar sej.

选自《尝试》
(1979、1982、1984)

Ur Försök
(1979,1982,1984)

但是什么都没有被她的成功改变。
当她后来要在*他们*谈话中占据位置
她撞在把这个世界和那个世界
分开的那层薄薄的隔膜上
还有让她如此疼痛的那种微笑
因为它是有意不被注意到的。
要是她能溜进他们的瑞典
而且小心地坐到他们中间
那这张椅子不会变成*椅子*
而她自己变得完全是真的吗?
朝旁边跨一步,不需要做更多。
可甚至找不到说这步的什么词。
而这教室知道:她永远找不到它。
这四堵墙之间的语言
知道她将来的生活。
她可以挣扎,以致往所有方向被拉开。
在这种无动于衷的语法中
每个人都有自己最终的位置。

Men ingenting ändras av hennes succé.
När hon sen ska ta plats i *deras* samtal
stöter hon på den där tunna hinnan
som skiljer världen från världen
och det där leendet som gör så ont
för att det inte är avsett att märkas.
Om hon kunde lista sej in i deras Sverige
och försiktigt sätta sej mitt ibland dom
skulle stolen då inte förvandlas till *stol*
och hon själv bli alldeles verklig?
Ett steg åt sidan, mer skulle inte behövas.
Men hittar inte ens nåt ord för det steget.
Och klassrummet vet: hon hittar det aldrig.
Språket mellan dessa fyra väggar
känner hennes kommande liv.
Hon kan streta så hon sträcks på alla ledder.
I denna obevekliga grammatik
har var och sin slutliga plats.

她的课桌旁是这张课桌

她用全部身体在倾听。
老师嘴唇在蠕动。而她听到了
但还是错过了他的话几分米
就像人试着抓水里一块石头时那样
还有另一个世界,离她的就一巴掌远。
就在那幅有瑞典的地图前面
挂着一幅*瑞典*的地图——
同样的城镇和锯齿状的湖泊
同样的黄色和绿色的田野
却还是个无法进入的闪烁的王国。
现在他们在讨论,嘴巴在活动。
当然她听到了。但真的说出的话
溅着火花飞过她耳边
飞向住在正确国家的那些人。

但她还能在休息时抓住他们
当她抽泣着讲述老爸如何被带走
挣扎着,所有关节都被拉开。
而老妈试图躲藏到自己手里。
卖掉一切得来二十个起皱纹的笑声。
叉开腿讲述,带着滑脱的袜子。

BREDVID HENNES BÄNK STÅR *BÄNKEN*

Hon lyssnar med hela kroppen.
Lärarens läppar rörs. Och hon hör
men missar ändå hans ord med nån decimeter
som när man griper efter en sten i vattnet.
Det finns en annan värld, en handsbredd från hennes.
Alldeles intill kartan med Sverige
hänger en karta över *Sverige* —
samma städer och flikiga sjöar
samma gula och gröna fält
ändå ett oåtkomligt skimrande rike.
Nu diskuterar dom, munnarna rörs.
Visst hör hon. Men det som verkligen säjs
drar sprakande förbi hennes öron
till dom som bor i det rätta landet.

Ändå kan hon fånga dom på rasten
när hon snuvigt drar hur farsan blev hämtad
stretande, utdragen på alla ledder.
Och morsan försökte gömma sej i händerna.
Allt säljs mot tjugo skrynkliga skratt.
Berättar bredbent, med hasande strumpor.

被眩晕抓住，他向另一个大声喊叫
那一个慢慢朝他转过脸来——
那是他自己啊，最细微的地方都一样！
上面那个人往下凝视着他
以*他的*57岁，有点难堪。
那是同样谨慎的嘴，几乎是兔唇。
总是退缩开去的眼睛。
同样在要说话时先吞咽的样子。
唯一的区别是：另一个存在于这个世界上
填补了名叫雍尼·卡尔松的这个空间。
他感觉的不是痛苦。他害臊。
来自林间小湖上的阵风把他带走
没有真把他当作正经事。
他像一个活动的宇航员那样飘走
在无意义的虚空中慢慢地旋转。

Gripen av svindel hojtar han upp till den andre
som långsamt vänder sitt ansikte mot honom.
Det är han själv, in i minsta detalj!
Mannen däruppe stirrar ner mot honom
med *sina* 57 år, lite besvärat.
Det är samma sparsamma läpp, nästan harmynt.
Ögona som alltid går ur vägen.
Samma sätt att svälja när det blir dags att tala.
Enda skillnaden är att den andre finns i världen
och fyller den plats som heter Jonny Carlsson.
Inte ångest han känner. Han skäms.
Ett vindkast från fjärden för honom med sej
utan att ta honom riktigt på allvar.
Han sprattlar iväg som en astronaut på drift
långsamt roterande i meningslösheten.

他甚至连自己都卖不掉

他站住并在焊接火星中凝视,
饥渴地倾听着叮当声响。用他的皮肤。
还是像是现实,这景象。
当然他知道:在上面电弧边的那个家伙
正一点一点地把自己的肺
换成铁的脆弱泡沫,
出卖自己,一点一点地,
为了还有一次脆弱的缓期。
但依然属于那个内在世界。
他甚至连自己都卖不掉。
抓牢人行道的栏杆不被风吹走。
他 57 岁。没错,他今天上班打卡了。
没有意义。永远不再进入一个语境。
那些日子只对他打开了一条缝
带着被激怒的冷漠
好像面对一个反复来敲门的小贩。
人已经变得不可理解。那些房子
爬到彼此上面就不是房子。
但上面那个焊接工的脊背不一样。
他的动作是很熟悉的。
特别是推起保护面罩的方式——

SJÄLV LYCKAS HAN INTE
ENS SÄLJA SEJ

Han står och glor bland svetslopporna
lyssnar hungrigt på bullret. Med huden.
Liknar ändå verklighet, detta.
Visst vet han: karln däruppe vid ljusbågen
byter sina lungor, stycke för stycke,
mot spröda bubblor av järn
säljer sej, bit för bit,
för ännu ett ömtåligt anstånd.
Men tillhör ändå den inre världen.
Själv lyckas han inte ens sälja sej.
Håller fast i trottoarens räcke för att inte blåsa bort.
Han är 57. Jo, han har stämplat i dag.
Meningslöst. Kommer aldrig in i ett sammanhang mer.
Dagarna öppnas bara på glänt för honom
med den irriterade likgiltighet
som möter en återkommande dörrknackare.
Människorna har blivit obegripliga. Husen
som klättrar på varann är inte hus.
Men ryggen på svetsarn däruppe är något annat.
Hans rörelser är välbekanta.
Särskilt sättet att skjuta upp skyddsglasen —

如果她能给他她皮肤的皮肤
皮肤连皮肤跟随他一点点
她就接受这出自黑暗的蔑视。
她强迫自己的恐惧进入那金色的意义交换
其中他的感官和记忆会失去自身。

一种不可理解地吸吮着的语言。
终于他开始被甜美的物质压下去了。
在他的屏息中她给了他更密集的呼吸。现在
他到了她身体里,像第六天那样的一种吼叫。
她弯曲的碎片接受了他的叫喊。
不过是对着很多人和没有人的一声叫喊!
她不能控制住他。
当他转回到自己的眼睛
当他让这眼睛转回去
他用一个微笑偿还了他的债务。
然后他小心地把自己从这偶然中解脱
还在颤抖中又点着一支烟
在其小小的光圈里不可触及。
她已经永远脱落下来
一个被侮辱的谈判者又不急于回家。
透过模糊地没有质感的挡风玻璃凝视
也只看得越来越清楚
整个这巨大无边的黑暗。

译注:标题引文出自《圣经·新约》中《哥林多前书》第十三章圣保罗致哥林多的信。

som definierar honom till oåtkomlighet.
Hon går med på föraktet ur mörkret
om hon får ge honom hud av sin hud
och följa honom ett stycke, hud i hud.
Hon tvingar sin rädsla in i det gyllene meningsutbyte
hans sinnen och minne förlorar sej i.

Ett obegripligt sugande språk.
Äntligen börjar han tyngas av ljuv materia.
Hon ger honom andlös allt tätare andedräkt. Nu
kommer han in mot henne, ett brus som den sjätte dagen.
Hennes krökta skärvor tar emot hans rop.
Men ett rop som är riktat till många och ingen!
Hon rår inte på honom.
När han återvänt till sina ögon
när han fått ögon att återvända till
löser han in sin skuld med ett leende.
Sen gör han sej varsamt lös ur det tillfälliga
och tänder ännu darrande en cigarrett
oberörbar i sin lilla ljuskrets.
Hon har hasat ner för gott
en förödmjukad förhandlare som inte har bråttom hem.
Stirrar genom den immigt immateriella rutan
och ser bara alltför klart
hela det oerhörda mörkret.

"……可没有爱我就什么都不是"

带着熄灭的车灯,汽车下沉
沉入这林中道路的稀疏下去的秋天,
在黑暗中散开车板和油漆的痕迹。
就像一面肮脏的水泥墙壁上一个刮掉的
车赛海报留下的残余。前排座椅上的恋人
正在溶化到相互体内的路上。
她的面容开放就如看到了上帝。
但她摸索搜寻他灵魂的手
却只找到塑料保鲜膜干了的碎片
围绕他肋骨架内侧紧贴着。
他几乎是抽象的,得在有生命之处乞求生命。
她拥有。全部她的没有重量的沉重身体
带着被拉下的乳罩,背对着方向盘
是一次救援行动。爱当然寻求自己的生命。
她把自己的名字放在他嘴里,一次又一次。
把自己的呼吸吹进他的肺里。
但当他吱吱作响伸直身体,
他恢复了自己的形式。
他是谁?舌头对着他的太阳穴头发
感觉他的分叉,像来自一个电池的电击:
一大片声音和奥林匹克的面孔
确定了他是无法接近的。

"...MEN ICKE HADE KÄRLEK, SÅ VORE JAG INTET"

Med släckta lyktor sjunker bilen
in i skogsvägens glesnande höst
spridda spår av plåt och lack i dunklet.
Som resterna efter en bortryckt rallyaffisch
på en solkig cementmur. De älskande i framsätet
är på väg att lösas i varandra.
Hennes ansikte öppet som såge det Gud.
Men hennes händer som trevar efter hans själ
finner bara torkade flagor av plastfolie
kletade runt bröstkorgens insida.
Han är nästan abstrakt, får tigga liv där det finns.
Hon har. Hela hennes viktlöst tunga kropp
med nerdragen behå och ryggen mot ratten
är en räddningsaktion. Naturligtvis söker kärleken sitt.
Hon lägger *sitt* namn i hans mun, åter och åter.
Blåser sin anda in i hans lungor.
Men när han knakande rätas ut
återtar han sin egen form.
Vem är han? Tungan mot hans tinninghår
känner hans förgreningar som stöter från ett batteri:
ett vimmel av röster och olympiska ansikten

小心治疗着这肉体放光的残余
但是避开了呜咽的灵魂。
她必须独自一人去挣脱
孩子们面对闪光的皮肤
充满恐惧而失色的大眼睛
还有枕头上窃窃私语的全部空虚。
她想用他们的手触摸她的死亡。
但他们共同具有的最后的事是害羞。
她必须独自对付那不可理解的愤怒
那愤怒一次次占据痛苦的位置。
她必须独自放松那床栏上的
变白的紧握的手
带着自己在这水上走开，完全眩晕着
用被吗啡麻醉掉全部重量的脚步。
她唯一随身带着的
是一个搏动着的背叛记忆。

tar varsam vård om köttets strålande rester
men skyggar för den kvidande själen.
Ensam måste hon göra sig lös
från barnens stora färglösa ögon
fulla av skrämsel inför den lysande huden
och all den viskande tomheten på kudden.
Hon ville röra vid sin död med deras händer.
Men det sista de äger tillsammans är skygghet.
Ensam måste hon klara den obegripliga vreden
som gång på gång tar smärtans plats.
Ensam måste hon lossa det vitnade greppet
om sängens reling
och ta sej bort över vattnet, alldeles yr
med steg som morfinet berövat all tyngd.
Det enda hon bär med sej
är ett bultande minne av svek.

隔离病室是全部的谨慎

她让自己被置放在那种颓丧中
却没有能力留在那里。
用双手闪着光的残余
她紧紧依偎着这个医生。
帮助我摆脱我的生命!
帮助我屈服于这种
没人愿意给什么名字的事。
她把自己的荒凉紧压向他的荒凉。
但是医生挣脱了,被惊恐弄僵硬。
在笔记本上乱涂;那些激动的字符
否认她竟然存在。
她已经倒回到床上
由于被羞辱而颤抖。
那护士的目光乞求着宽恕。
她的手移向点滴寻求庇护:
让对生命承诺的承诺
沉入到这枯萎的手臂里
没有任何要负责的事。
对身体的崩溃是有常规的。
骨盆碎片在决定好的钟点
被清空其中的痛苦。共同性

ISOLERINGSRUMMET ÄR ALL DISKRETION

Förmår inte bli kvar i den uppgivenhet
hon låtit sej bäddas ner i.
Med sina glimmande rester av händer
klamrar hon häftigt vid läkaren.
Hjälp mej att göra mej lös från mitt liv!
Och hjälp mej att ge efter för detta
som ingen vill ge något namn.
Hon pressar sin ödslighet tätt intill hans.
Men läkaren sliter sej, styv av förfäran.
Klottrar på blocket; de upprörda tecknen
förnekar att hon alls existerar.
Hon har fallit tillbaka i sängen
och skakar av förödmjukelse.
Sköterskans blick ber om överseende.
Hennes händer tar sin tillflykt till droppet:
låter löfte på löfte om liv
sjunka in i den vissnade armen
till intet förpliktande.
För kroppens sönderfall har man rutiner.
Skärvan av bäckenskål töms på sin värk
vid bestämda klockslag. Gemenskapen

成了假装出的无辜。
我们穿了过去。
而从超越时间和理性的岁月里
如果你们听到汽车喇叭和油炸锅的信号
我们就已经为你们找到了一个新大陆。

把帽子盖在脸上
我在草地上休息。这总是跟随我们
即使在最遥远的星星中也是。
奶浆草穿过胸膛上升。颤抖的草。
这个游行队伍的前部
有着如黑暗一样的颜色。
我自己是最后面的人中的一个。
听着他们,碎石上的脚步,吱吱响的车轮
孩子们的吵闹声,所有那些声音
我们带在身边,现在几乎精疲力竭。
我们在下一个星系里尝试。

inför all denna misstänksamhet.
Vi tog oss igenom.
Och hör ni signaler på bilhorn och stekpannor
från år bortom tid och förnuft
har vi funnit en ny kontinent åt er.

Med hatten över ansiktet
vilar jag i gräset. Det följer oss alltid
också bland de yttersta stjärnorna.
Mjölkörten upp genom bröstet. Darrgräs.
Den främre delen av tåget
har samma färg som mörkret.
Själv är jag en bland de sista.
Hör dem, stegen mot gruset, gnisslande hjul
gnället från ungarna, alla dessa ljud
vi haft med oss, nästan utslitna nu.
Vi försöker i nästa galax.

难民

我们是不是把你们的天空变暗了
用我们的房车、锈蚀坏的汽车、吱吱响的
自行车、狗和包袱组成的蠕动的游行队伍?
我们是不是成了大望远镜中的灰尘
用我们褴褛的衣服,乳房上污黑的婴儿——
那些未出生的落在后面,来不及跟上?
不,你们当然通过我们看到了星星
通过这个喧闹的人群
稀薄如一个诺言
自从时代的早晨就已被赶走。
没有任何地方我们可以承担
那遍及环宇的社区税
或者降低邻近别墅的房价。
你们说,到下一个星系去试试吧。
我们正试啊。我们为你们探路。
我们没有时间的生活
是无家可归状态中的一次实验。
我们穿过了你们的语言。
我们的手被做成万能钥匙的样式
能开所有你们锁着的门。
我们的面容在所有这样的怀疑之前

UTVANDRARNA

Förmörkar vi natthimlen för er
med vårt knyckiga tåg av husvagnar, sönderfrätta
bilar, knirkande cyklar, hundar och bylten?
Blir vi smolk i den stora tuben
med våra trasiga paltor, sotiga ungar vid bröstet —
de ofödda efter, hinner inte ifatt?
Nej, ni ser nog stjärnorna genom oss
genom den här hojtande skaran
tunn som ett löfte
och bortkörd sen tidernas morgon.
Ingenstans får vi betunga
den kosmiska kommunalskatten
eller sänka grannvillornas värde.
Försök i nästa galax, sa ni.
Vi försöker. Vi rekognoscerar åt er.
Vårt tidlösa liv
är ett experiment i hemlöshet.
Vi tog oss igenom ert språk.
Våra händer formades till dyrkar
av alla era låsta dörrar.
Våra ansikten blev till spelad oskuld

选自《瑞典晚近纪事》
（1968、1972、1975）

Ur Sent i Sverige
（1968，1972，1975）

（对一个年轻军士她成了人类
在众多世纪旋旋中受到折磨。
他通过窗户探出身去呕吐。）

一个有村庄和道路的破裂开的国度。
他们在她的回忆中间到处践踏
这记忆只被阵阵抽搐保护
在一种裸露的肌肉组织中反射。

这个打字员拿着她溅污了的笔记本站着
就在枯竭着的思想流动之中，
草草写下涉及六月袭击的
那些散布开的事实。
这时一个意外的记忆闪烁：
她弯曲身子接受一个男人
像用手接受滴下的水流。
军官们相互看着微笑。

审讯结束。她静静躺在
窗洞之下，哀叹之外。
天是空的，既无颜色也无云彩。
鸟的叫声无力而遥远。

(För en ung sergeant blir hon människan
plågad medan seklen svindlar.
Han böjer sig ut genom fönstret och kräks.)

Ett uppbrutet land med byar och vägar.
De klafsar kring bland hennes minnen
som försvaras bara av ryckningar
reflexer i en blottad vävnad.

Stenografen står med sitt nedstänkta block
mitt i den sinande tankeströmmen
och klottrar ner de spridda fakta
som gäller juniattentatet.
Då glimmar ett oväntat minne till:
hon kupar sig och tar emot en man
som handen det rinnande vattnet.
Officerarna ser på varandra och småler.

Förhöret är slut. Hon ligger stilla
under fönstergluggen, bortom kvidan.
Himlen tom, varken färg eller moln.
Fågelropen är kraftlöst fjärran.

不可思议

带着金属板面容的军官
抛出他们弯弯绕的问题。
她沉默着。那些受折磨的村庄
在她身上沉默。手表在靠近。

当电路在她的身体里接通
保留下来的就被撕开。
但她的尖叫无法解读。
那里面有太多的语言。

这是酷刑的第三个整天。
灯的太阳们凄凉地行走。
所有理性都被排出这个房间。
巨大的蚂蚁倚靠在她身上。

它们咬过她大块的皮肤
还朝她的心脏咬进去。
于是她像在麻醉中放弃了她的世界。
她不再是她存在的中心。

不过她存在于其他人探索的眼睛中。

DET OFATTBARA

Officerare med drag av plåt
kastar fram sina sneda frågor.
Hon tiger. De pinade byarna
tiger i henne. Armbandsuren närmas.

När strömmen sluts i hennes kropp
rivs förbehållen upp.
Men hennes skrik kan inte tolkas.
Det finns för många språk i det.

Det är tortyrens tredje dygn.
Lampors solar ödsligt vandrar.
All rimlighet har pumpats ut ur rummet.
Över henne lutar väldiga myror.

De biter stora stycken ur huden
och tar sig in mot hennes hjärta.
Då ger hon upp sin värld som i narkos.
Hon är inte längre sin tillvaros mitt.

Men hon finns i de andras sökande ögon.

粗哑的声音绕着篝火漫步。
其他人的那些闪光的捕获物
肯定在木桶的粗盐中休息。

我独自站着留在岸边的柳树中
手中是那条扯断的线。
猎物潜下了水,大如一个教区。
群山再一次遥远。

Skrovliga röster vankar kring elden.
Säkert vilar i kaggarnas grovsalt
de andras blänkande fångst.

Jag står ensam kvar bland strandens vide
med den avslitna linan i handen.
Bytet dyker, stort som en socken.
Bergen åter fjärran.

钓鱼之旅

云莓花在山上徘徊。
夜晚比地里的棉花更光亮。
飞蝇钓在呵欠连连的期待中摇摆。
蚊虫从地面冒了起来。

鱼咬钩的时候世界缩小了。
泥沼像布一样起了皱纹
围绕住小湖中的恐惧漩涡。
钓钩朝着云朵甩过。

它在跳跃!而心在呻吟。
这是一个蠕动着的小岛!
钓线闪着光飞出。我变老了。
线的抽动说着一种不为人知的语言。

那下面运行着一种威吓人的魔术
它只有耐心才能掌握。
沿着下面水深处的那条线
流下了我生命的许多小时。

早晨的雾散发咖啡的香味。

FISKEFÄRD

Över fjället vandrar hjortronblommen.
Natten ljusare än ängsull.
Flugspöt svänger i gäspande väntan.
Myggen ryker ur marken.

När nappet kommer krymper världen.
Myrarna rynkas som tyg
kring virveln av skräck i tjärnen.
Spöt raspar till mot molnen.

Nu hoppar den! Och hjärtat jämrar.
Det är ju en sprattlande holme!
Linan glimmar iväg. Jag åldras.
Rycken talar ett okänt språk.

Därnere far en hotande magi
som bara tålamodet kan behärska.
Det rinner timmar av mitt liv
längs linan ner i vattendjupet.

Morgondimman luktar kaffe.

再生

我们没系好小船就离开了
蹒跚着朝这个多树林的岛走进去,
带着嘶鸣的头。一片古老的海水
在树林间消失。我们倒在草地上,
在阳光之中。林中空地熄灭了,变红。
我最后看到的是你脉动着的喉咙。

苍蝇嗡嗡声首先被创造,然后是光。
我们眼花缭乱,看到这世界被更新。
风用树叶充满树林。
你因为草地存在而笑了。
蜻蜓升起,下沉,升起。
而一千年已经过去。

ÅTERFÖDELSE

Vi lämnade ekan utan förtöjning
och vacklade in mot den snåriga ön
med susande huvud. Ett urtidshav
försvann mellan träden. Vi föll i gräset
mitt i solen. Gläntan slocknade, röd.
Det sista jag såg var din bultande hals.

Först skapas flugsurr, sedan ljus.
Vi kisar och ser världen förnyas.
Vinden fyller träden med löv.
Du skrattar för att gräset finns.
Sländan stiger, sjunker, stiger.
Och tusen år har gått.

一半转过身离她而去
无言无语,在不耐烦的鄙视中。
她热切地数着他的手中
那些永垂不朽的硬币。

till hälften vänd ifrån henne
tyst, i otåligt förakt.

Ivrigt räknar hon upp i hans händer
odödlighetens hårda mynt.

假币制造者

你们记得:
他用一种铜的声音朗读着。
蜡烛在他的座椅前闪光。
人人屏住呼吸。当他沉默下来
一种嘶嘶声停留在学院之上。
现在遗孀在焚烧他的信件。
她小心地挑拣她的记忆
重新缝合,总是独自一人。
她只留下那些与墙上的
安全可靠的肖像相像的。
在那块草莓地里她埋葬了
他的许多死去的情妇。
她贿赂了那些座椅让它们沉默。
一切事情中她最害怕的
是飘散到风中的信件。
他会不会从那个信封跳出来,
一个沉重的、气喘吁吁的色狼?
他会不会从这张纸上瞪眼
用发红的眼睛和扭曲的嘴唇?
她在痛苦中守护他的记忆。
她在梦中再次见到他

FALSKMYNTARE

Minns ni:
han läste med en röst av koppar.
Ljuset flämtade framför hans stol.
Alla höll andan. När han tystnat
dröjde ett sus över Akademien.
Nu bränner änkan upp hans brev.
Försiktigt sprättar hon upp sina minnen
och syr om dem, alltid ensam.
Hon lämnar endast det som liknar
det trygga porträttet på väggen.
I jordgubbslandet gräver hon ner
hans många döda älskarinnor.
Hon har mutat stolarna till tystnad.
Det hon fruktar mest av allt
är de brev som spritts för vinden.
Ska han skutta ur kuverten
en tung och flåsande satyr?
Ska han glo från papperet
med röda ögon och förvriden mun?
I ångest vaktar hon hans minne.
Hon ser honom åter i drömmen

自行车上环游法国,最后阶段

在漏水的天空下,他们来了,
一个色彩斑斓的群体。
贝克尔领先,掉头朝后瞥了一眼
并更奋力地蹬车上坡。
其他人跟随着,越来越深入地穿越
把他们的衣服磨成破布的岁月。
他们顶着风奋斗;
雨水让他们几乎看不见。
握着车把的手指变硬,
头发垂落,发白。
现在正在接近起点。
观看的群众增多
但欢呼声听来越发遥远。
寒意从他们的脚上升起。
当终点线进入视野
影子已经很长。
于是第一名越过边界——
无可奈何地下沉,下沉
沉入孩子声音的一片狂喊中。

FRANKRIKE RUNT PÅ CYKEL, SLUTETAPPEN

Här kommer de, en brokig klunga
under gisten himmel.
Becker leder, kastar en blick över axeln
och trampar hårdare uppför backen.
De andra följer, allt djupare in genom åren
som nöter deras kläder till trasor.
De kämpar i motvind;
regnen gör dem nästan blinda.
Fingrarna styvnar kring handtagen,
håret faller, vitt.
Nu närmar man sig utgångspunkten.
Åskådarmassorna växer
men jublet hörs alltmera fjärran.
Kylan stiger ur fötterna.
När mållinjen kommer i sikte
är skuggorna redan långa.
Så går den förste över gränsen —
och sjunker, sjunker hjälplöst
in i en yrsel av barnaröster.

希腊陵墓浮雕

你记得那个希腊陵墓浮雕吗——
一种石头的告别:
这一个正要在这石头里遗失,
另一个停留在自己的半生里。
难以看到两个人物会在哪里
能够分手。这一个的手
是另一个的大腿一部分,
这一个的低垂的头
是另一个摇晃肩膀的一片。
这个时刻必定如此
不仅是正死者的告别
离开石头中发火花的生命
还有生者对死去那部分的呼喊,
而且是离开另一个的感官
离开另一个的刺痛记忆的一次告别,
离开你借来看透事物的眼睛,
和另一个活在一个里的生命。
刚刚死去了的这一个
在一个飘动的石头树叶拱顶下面
停留了一个没有时间的片刻
为了安慰留下来的那一个。

GREKISK GRAVRELIEF

Minns du den grekiska gravreliefen —
ett avsked av sten:
den ena ska just gå förlorad i stenen,
den andra stanna i sitt halva liv.
Svårt att se var de två gestalterna
ska kunna skiljas åt. Den enas hand
är ju en del av den andras höft,
den enas böjda huvud ett stycke
av den andras skakande skuldra.
Denna stund måste vara
inte bara den döendes avsked
från det liv som gnistrar i stenen
och den levandes rop efter delen som dör
utan också ett avsked från den andras sinnen
och den andras ilande minnen,
från det lånade öga man såg igenom
och det liv den andra levt i en.
Den som just har dött
dröjer ett tidlöst ögonblick
under ett böljande lövvalv av sten
för att trösta den som blir kvar.

早期诗作

Tidiga dikter

实际上，这些表面上是外来的方法在中国传统中早已是为人熟知的。这也不仅仅是诗意上的简约凝练和丰富充实让人想到唐宋的诗人。那些古代大师也很熟练掌握了用少数外部细节来暗示一种精神状态的艺术。

谢尔·埃斯普马克

Egentligen är dessa skenbart främmande metoder väl bekanta i den kinesiska traditionen. Det är inte bara den poetiska ekonomin och pregnansen som erinrar om poeterna från Tang och Song. De gamla mästarna var också förtrogna med konsten att i några få yttre detaljer suggerera ett själstillstånd.

Kjell Espmark

有艺术效果。

我的作品还有一种特点会让人感到陌生,即对一种现实主义表现手法的突破。但它不是什么"超现实主义"的问题,而是内心现实的感性方面的一种再现。波德莱尔称它为"翻译灵魂的艺术"。阎连科谈到"神实主义"。这涉及一种让内在经验在外部空间中可以看见的方式。在我的诗作《她的课桌旁是这张课桌》中,那个被摈弃的女孩感受到她的同学们如何在另一个世界里活动,而她不能进入那个世界。这就是为什么在那张瑞典地图的旁边还挂着一张完全同样的瑞典地图。在《他甚至连自己都卖不掉》这首诗里的那个失业的建筑工人也是同样情况。当他自己在每个细节上都能辨认出脚手架上的同事的时候,这并不是什么替身的问题。这涉及他的经验具体细节的一种翻译,感觉自己是没有必要的,可以替换掉的人。诗歌和小说中的人物都是碎片,这一点是用这种方法来阐释的。这是一种内部碎片化的体验,而获得了外在的可见的形象。它可以用不同的方式去解释;在我眼中,它是这样一种感觉,既是攸关生命的在场在世,同时又意识到在永恒性的绝大部分中人并不存在。我们的人类状况就成为可见的了。

以这种方式,我追求的就可以说是一种诗意的爱克斯光透视,既是透视个人,也是透视他们生活于其中的社会。在我的诗歌和小说创作中,我都得到巴尔扎克开出的处方的启发,从他那里得到灵感,那就是在一个具体人物的命运中捕捉住一个历史事件,也就是说在一个丰富充实地描绘出的个人身上抓住一个时代。我们的最大区别在于,他是现实主义者,而我试图描绘出一个内在的、精神的世界。

Krigaren i Xi'an blir på det sättet giltig för alla tider. Ytterligare ett drag som kan upplevas som främmande är brottet med en realistisk framställning. Men det är inte frågan om någon "surrealism" utan om en återgivning i sinnliga termer av en inre verklighet. Baudelaire kallade det för "konsten att översätta själen". Yan Lianke talar om "mythorealism". Det rör sig om ett sätt att göra en inre erfarenhet synlig i det yttre rummet. Den utstötta flickan i min dikt "Bredvid hennes bänk står bänken" upplever hur klasskamraterna rör sig i en annan värld som hon inte kan ta sig in i. Det är därför det hänger en exakt likadan karta över Sverige bredvid kartan över Sverige. På liknande sätt är det med den arbetslösa byggjobbaren i dikten "Själv lyckas han inte ens sälja sig". När han känner igen sig själv i varje detalj hos kollegan uppe på byggnadsställningen är det inte fråga om någon dubbelgångare. Det rör sig om en översättning i konkreta detaljer av hans upplevelse att vara onödig och utbytbar. Att gestalterna i både dikter och romaner är brottstycken förklaras av denna metod. Det är fråga om en upplevelse av inre fragmentering som får yttre synlig gestalt. Det kan tolkas på olika sätt; i mina ögon är det förnimmelsen av att vara på en gång vitalt närvarande och medveten om att man den helt övervägande delen av evigheten inte existerar. Våra mänskliga villkor synliggjorda.

Vad jag eftersträvar kunde på det sättet sägas vara ett slags poetisk röntgen av såväl enskilda individer som det samhälle de lever i. Jag har både i min poesi och i mina romaner inspirerats av Balzacs recept att fånga in ett historiskt skeende i ett konkret människoöde, alltså att gripa en epok i en pregnant tecknad individ. Den stora skillnaden är att han är realist medan jag försöker gestalta en inre, själslig värld.

于那个腓尼基人弗利巴斯的诗,还有埃德加·李·马斯特斯和高银。我自己的诗歌有很大一部分想要以这种精神为那些自己缺乏一种语言的人提供声音。这并不意味着诗人放弃了自己的个性。那个把自己的声音借出去的人会在另外那个人看事物的方式中出现,在其他人的音调中出现,在其他人表达其诉求的方式中出现。这是双方都可以被看到的一次会面。

我文学创作中另一主线是在 2010 年一部大型诗选书名《唯一必要的》中出现的。我在诗歌和小说中都努力做到最大程度的简约和精确。每一点没有必要的光泽都应该消除掉。每个单词都必须精确无误,每个短语都必须是合理,每个句子都是平衡的。在西方这样一种诗学可以追溯到二十世纪头十年盎格鲁撒克逊风格的意象派。但是,意象派的信条反过来有中国古代诗歌的背景。唐代诗歌早在七世纪时就已经提供了许多美丽的例子。我感觉我和那些中国古代诗歌大师有很强大的血缘关系。

我诗歌的另一个特点曾让我在上海遇到的一位老诗人感到困惑。他曾读过李笠翻译的我的诗作《西安兵马俑》(即本诗集中的《西安的帝国大军》——译注),他感到奇怪,我怎么能既在自己的内心里,同时又在那个士兵的内心里,说出久远过去的话。这首诗的"我"既是一个陶土制成的俑,用一块痛苦的瓦片当作眼睛来看,同时又是来自我们这个时代的一个有意识的人,在一场核大战中面对自己冒着火焰的对手。这相当于从一种历史认知的视角去看,其中各个时代会交互存在其他时代之中。而从另一种视角去看,这是我常用的一种技巧——双重曝光。这是我从电影艺术中学来的一种技巧:两件不同的事情同时投射在那个白色银幕上。用这种方法,西安的兵马俑就可以在所有的时代都

fortsatt där antologin slutade, inte bara T. S. Eliot i dikten om Phlebas feniciern utan också Edgar Lee Masters och Ko Un. En stor del av min egen poesi vill i den andan ge röst åt människor som själva saknar ett språk. Det betyder inte att poeten ger upp sin egen personlighet. Den som lånar ut sin röst finns med i den andres satt att se, i den andres tonfall, i den andres sätt att artikulera sin vädjan. Det är ett möte där båda blir synliga.

En annan huvudlinje i min litterära produktion träder fram i titeln på ett stort dikturval 2010: "Det enda nödvändiga." I både dikter och romaner har jag strävat till största möjliga ekonomi och precision. Varje onödig glosa ska bort. Varje ord ska vara exakt, varje fras ska vara berättigad och varje mening väl balanserad. I väst går en sådan poetik tillbaka på den anglosachsiska imagismen på 1910-talet. Men imagismens credo har i sin tur en bakgrund i det gamla Kina. Tangpoesin erbjuder många vackra exempel redan under det sjunde århundradet. Jag känner mig starkt besläktad med de gamla kinesiska mästarna.

Ett annat drag förbryllade en poetisk veteran jag mötte i Shanghai. Han hade läst min dikt "Den kejserliga armén i Xi'an" i Li Lis översättning och undrade hur jag kunde vara på en gång inne i mig själv och inne i den krigare som talar ur ett längesen förflutet. Diktens jag är samtidigt en terracottafigur som ser med en värkande tegelbit till öga och ett medvetande från vår tid, konfronterat med sina flammande motståndare i ett kärnvapenkrig. Det svarar från en synpunkt mot en historieuppfattning där tiderna finns inne i varandra. Från en annan synpunkt sett är det ett exempel på en teknik jag ofta använder — dubbelexponering. Det är en metod som jag lärt från filmen: två olika skeenden projiceras samtidigt på den vita duken.

作者前言

　　复旦大学出版社愿意出版选自我半个多世纪来诗歌创作的一部选集，这对我是一件大喜事。我在中国得到注意的作品主要是小说，首先是七部小说系列《失忆的年代》，但还有《巴托克——独自对抗第三帝国》和《霍夫曼的辩护》。然而我创作中诗歌和小说的紧密关联则不为人所知。每部小说都可以追溯到一首诗作。所以有关巴托克的那部著作在二十年之前的一首同名诗作里就以一种浓缩形式出现过。这些小说都是从一个基本的图像出发，再用情节和反思构筑起来。

　　由于这种方式，我的作品中有一种巨大的上下文语境。我作为文学史家的写作活动其实也可以添加到这幅图像中。我从事批判性研究的作家——从波德莱尔到我们这个时代的作家——正是那些构建了我从中也找到自己表述方式的诗歌语言的作家。我的文学创作，从诗歌和小说到戏剧和批评，就构成了一个连贯的建筑。

　　在我的诗集《银河》（2007）中，上百证词的措辞都是来自不同时代，回应的是那种挑战："把你的声音借给我！"这种让死者来说话的方式可以回溯到《希腊文库》，其中有一些两千年前的无名诗人把自己的声音给予了那些去世的人。许多后世诗人从这部文库结束的地方继续前行，其中不仅有艾略特，他写过关

Förord

Det är för mig en stor glädje att Fudan University Press vill utge ett urval av mina dikter från mer än ett halvsekel. Det är framför allt mina romaner som uppmärksammats i Kina, i första hand sjubandsserien *Glömskans tid* men också *Béla Bartók mot Tredje riket* och *Hoffmanns försvar*. Vad som inte är känt är det nära sambandet mellan poesi och roman i mitt fall. Var och en av romanerna går tillbaka på en dikt. Boken om Bartók finns sålunda i förtätad form i en dikt med samma namn mer än tjugo år tidigare. Romanerna har vuxit ut ur en primär vision som byggts ut med handling och reflexion.

Det finns på det sättet ett stort sammanhang i min produktion. Också min verksamhet som litteraturhistoriker kan fogas in i den bilden. De författare jag ägnat ett kritiskt studium — från Baudelaire till våra dagar — är just de som utbildat det poetiska språk där jag funnit mitt eget idiom. Mitt författarskap, från poesi och roman till dramatik och kritik, utgör ett sammanhängande bygge.

I min diktsamling *Vintergata* (2007) formuleras hundra vittnesbörd från skilda tider som svar på utmaningen: "Låna mig din röst!" Det sättet att låta de döda komma till tals går tillbaka på Den grekiska antologin, där ett antal anonyma poeter för två tusen år sedan gav röst åt de bortgångna. Många sentida poeter har

选自《内在空间》(2014)

阴霾就像在各个时代的早晨 …………………………… 169
在林间小湖边 …………………………………………… 171
我们穿过伦玛尔岛上的森林 …………………………… 173
我感觉你如何在我内心思想 …………………………… 177

选自《创造》(2016)

文字的力量 ……………………………………………… 181
链条 ……………………………………………………… 185
信条 ……………………………………………………… 189
第六天的夜晚 …………………………………………… 193
赋格曲 …………………………………………………… 197
唱诗班 …………………………………………………… 201

译后记 …………………………………………………… 205

Ur Den inre rymden (2014)

Disigt som i tidernas morgon ········· 168
Vid tjärnen ········· 170
Vi går genom skogen på Runmarö ········· 172
Jag känner hur du tänker i mig — ········· 176

Ur Skapelsen (2016)

Tecknens kraft ········· 180
Kedjan ········· 184
Credo ········· 188
Afton den sjätte dagen ········· 192
Fuga ········· 196
Kör ········· 200

Översättarens efterord ········· 204

新生 ·············· 125

选自《银河》(2007)

你们不能触及到我 ·············· 131
这空气有雷雨将至的气味 ·············· 133
当我停止呼吸时 ·············· 135
这必定曾经是一个大厅 ·············· 137
我的骑兵大军征服过世界 ·············· 139
我曾叫玛丽亚 ·············· 141
我拥有的一切就是一个大锤 ·············· 145
好像太阳在广岛松开了 ·············· 147
在我爆炸开的那个时刻一切都存在 ·············· 151
这个夜晚没有星星 ·············· 153
这一天 ·············· 155

选自《黎明前的时刻》(2012)

我们靠近你们 ·············· 159
我站在紫丁香里躲着 ·············· 161
我的椅子每个家庭都需要 ·············· 163
我们是艾克村的墓园 ·············· 165

Vita Nuova 124

Ur Vintergata (2007)

Ni kan inte nå mig 130
Luften smakar som före åska 132
När jag slutat andas 134
Det måste ha varit en sal 136
Min ryttararmé hade erövrat världen 138
Jag hette Maria 140
Allt jag ägde var en slägga 144
Som om solen släppts lös över Hiroshima 146
Allt finns i sekunden jag sprängs 150
Denna natt utan stjärnor 152
Den dagen 154

Ur I vargtimmen (2012)

Vi är nära er 158
Jag stod dold i syrenen 160
Mina stolar krävs i varje hem 162
Vi är Eke kyrkogård 164

选自《尝试》(1979、1982、1984)

贝拉·巴托克对抗第三帝国 …………………… 45
《焚书》 …………………………………………… 55
我依然叫做奥西普·曼德尔斯塔姆 …………… 63
西安的帝国大军 ………………………………… 73

选自《当道路转向》(1992)

当一种语言死亡时 ……………………………… 83
写于石头中 ……………………………………… 87
巡回路线 ………………………………………… 91

选自《另一生命》(1998)

我们埋葬福柯的这天 …………………………… 99
当一种语言诞生时 ……………………………… 105
信 ………………………………………………… 109
家族记忆 ………………………………………… 113

选自《生者没有坟墓》(2002)

在我生活的国家没有音乐 ……………………… 119
抱紧我 …………………………………………… 123

Ur Försök (1979, 1982, 1984)

Béla Bartók mot Tredje riket ·································· 44
En bok att bränna ······································· 54
Jag heter alltjämt Osip Mandelstam ··························· 62
Den kejserliga armén i Xí-an ······························· 72

Ur När vägen vänder (1992)

När ett språk dör ·· 82
Skrivet i sten ·· 86
Route Tournante ·· 90

Ur Det andra livet (1998)

Den dagen vi begravde Foucault ····························· 98
När ett språk föds ··· 104
Brev ··· 108
Släktminne ·· 112

Ur De levande har inga gravar (2002)

Finns ingen musik i det land där jag lever... ················ 118
Håll fast mig ·· 122

目 录

作者前言 ……………………………………………… 3

早期诗作

希腊陵墓浮雕 ………………………………………… 3
自行车上环游法国,最后阶段 ………………………… 5
假币制造者 …………………………………………… 7
再生 …………………………………………………… 11
钓鱼之旅 ……………………………………………… 13
不可思议 ……………………………………………… 17

选自《瑞典晚近纪事》(1968、1972、1975)

难民 …………………………………………………… 23
隔离病室是全部的谨慎 ……………………………… 27
"……可没有爱我就什么都不是" …………………… 31
他甚至连自己都卖不掉 ……………………………… 35
她的课桌旁是这张课桌 ……………………………… 39

Innehåll

Förord ········· 2

Tidiga dikter

Grekisk gravrelief ············ 2
Frankrike runt på cykel, slutetappen ············ 4
Falskmyntare ············ 6
Återfödelse ············ 10
Fiskefärd ············ 12
Det ofattbara ············ 16

Ur Sent i Sverige (1968, 1972, 1975)

Utvandrarna ············ 22
Isoleringsrummet är all diskretion ············ 26
"···men icke hade kärlek, så vore jag intet" ············ 30
Själv lyckas han inte ens sälja sej ············ 34
Bredvid hennes bänk står *bänken* ············ 38

"诺贝尔文学奖背后的文学" 编委会

名誉主编
石琴娥

编　委
万　之　王梦达　王　晔

写于石头中

埃斯普马克自选诗五十首

[瑞典] 谢尔·埃斯普马克 著

[瑞典] 万之 译

复旦大学出版社

Skrivet i sten

Femtio dikter i eget urval
av Kjell Espmark